Herrn Humboldts letzte Reise

Von zarter Lyrik über schräge Kurzgeschichten bis zu spannenden Theatermonologen mit ungewissem Ausgang reicht die Palette von Karl-Friedrich Reinhardt. Seine genaue Beobachtung und die Liebe zum Nächsten sind die großen Leitlinien in Reinhardts Texten. Seine Erzählungen spiegeln die Einsamkeit der Menschen, das Fremde in uns, das Erschrecken über uns. Die Geschichten enden scheinbar im Nichts und hinterlassen manchmal eine kleine Gänsehaut.

Karl-Friedrich Reinhardt arbeitete in seiner Jugend als Rangierer, Fotograf, Hilfsarbeiter, Schauspieler, Regisseur und viele Jahre als Geschäftsführer bei der SPD. Die turbulenten Jahre um 1968 haben ihn wie viele andere auch für den Rest seines Lebens nachhaltig geprägt. Unter dem Einfluss von Edward Albee, Bukowski, Ionesco, Mrozek und Handke begann Reinhardt sein Leben in und mit dem Theater. Er schreibt und veröffentlicht seit vielen Jahren eigene Erzählungen, Lyrik und Theaterstücke. Seine Erfahrungen mit so vielen verschiedenen Menschen und seine Beobachtungen in so unterschiedlichen Lebensbereichen werden in seinen Texten immer wieder sichtbar.
Reinhardt lebt seit einigen Jahren in Potsdam.

KARL-FRIEDRICH REINHARDT

Herrn Humboldts letzte Reise

Prosa, Lyrik, Theater

Bibliografische Information der Deutschen Nationalbibliothek:
Die Deutsche Nationalbibliothek verzeichnet diese Publikation
in der Deutschen Nationalbibliografie; detaillierte bibliografische
Daten sind im Internet über http://dnb.dnb.de abrufbar.

© 2015 Karl-Friedrich Reinhardt
Titelbild: Stefan Groß von der Rinksburg
Foto Rückseite: Bea Marquardt
Satz, Umschlaggestaltung, Herstellung und Verlag:
BoD Books on Demand

ISBN: 978-3-7392-7680-9

Inhalt

Rest im Glas	9
Der Redner	38
Kopfschutz	47
Stille Geschichten	55
Seiten verkehrt	55
Leuchttürme	56
Rückpost	56
Über den Sieg	57
Erfundene Namen	57
Angekommen	58
Schlaf	58
Allein	59
Blinde Ovationen	59
Falsche Seite	60
Vertrauen	60
Berichte	61
Erworbene Zuneigung	61
Gemeinsam	62
Wörter	63
Söhne	63
Symbiose	64
Todeswunsch	64
Endlichkeit	65
Glück	65
Brachland	66
Herrn Humboldts letzte Reise	67
Ellipse	112
Tanz 2	112
Gemeinsamkeiten	113
Kleines Wort	113
Trias	114

Begegnungen	114
Getrennte Wege	115
Verwandt	115
Gewichte	116
Artus Runde	116
Zurück nach vorn	117
Kein Pardon	117
Endgültiger Widerstand	118
Sicherheiten	118
rechtslinks	119
Future Zwo	119
Vergessener Staub	120
Auf dem Kopf stehend	121
Erinnerungen	122
Auf hoher See	122
Weißer Hase	123
Der Fremde	141
Irrtum	141
Gegenseitige Versicherung	141
Fünfzehn Uhr	142
Gefühlte Nähe	143
Innige Verbindung	143
Morgenröte	144
Tanz	144
Wolkenlied	145
Tägliche Befürchtungen	145
Zeit der Kirschen	146
Übersicht	146
Frau	147
Konsequent	147
SommerZeit	148
Neue Blüten	149
Das Ende	159
Kopfschnipsel	169
Hoffnung	173

Für Britta und Waltraut

Was auch immer geschehen wird:
Ich bin nicht damit einverstanden
ich werde niemals zugeben
welches Vergnügen
es mir bereitet haben könnte.
Niemals.

Rest im Glas

Theatermonolog

Sowohl die Bühne als auch der Zuschauerraum sind wie ein Café eingerichtet.
Auf dem Tisch von Max steht eine Flasche Cognac und ein großes Cognacglas, aus dem Max bis zum Ende immer wieder trinkt.

Cognac ist mir zuwider! Wenn ich nur den Geruch erahne, wird mir leicht übel. Und dann das ganze Zeremoniell, das damit zusammenhängt. Erst muss man das Etikett prüfen, herumzeigen, sich wegen des Jahrgangs bewundern lassen, den Staub auf der Flasche wegblasen, nein, nicht wischen, er muss weggeblasen werden, als sei es die Asche eines teuren Verblichenen, das Öffnen, manche proletarisch Gesinnte reiben noch den Korken am Flaschenhals und freuen sich über das quietschende Geräusch, das so sehr einer Gummiente ähnelt, der erste Schluck im Glas, groß gebaucht muss es sein, das Glas, wer trinkt schon Cognac aus Schnapsgläsern, nicht einmal die Proletarischen, den Duft atmen, die Farbe vergleichen gegen das Licht und immer noch nicht trinken, NEIN, es muss kommentiert werden mit den Anderen, die geistreicher sein wollen als der Gastgeber, was den ersten Ärger verursacht, den man lächelnd verbirgt, um dann mit großer Geste den ersten Schluck, nein, immer noch nicht zu trinken, sondern über die Zunge rollen zu lassen, die Mundhöhle in allen Falten zu füllen, um dann den Rest, den die Schleimhäute noch nicht absorbiert haben, hinunterzuschlucken.

AAH!

Dann folgt das keusche Augensinken, was die absolute Verinnerlichung zeigen soll, die automatische Entrückung und doch nur Schafsgesichter nach der Beichte zeigt.

Da lobe ich mir doch den ehrlichen Schnaps, klar, ein leichter Duft nach Obst, Kirschen, Pflaumen, auch Birnen, ohne Zeremoniell, unter Freunden, Kumpels, Männern,

ZACK

nach hinten gekippt und fertig. Es bleibt die Wärme im Magen und der Geschmack eines Sommertags auf der Zunge.
Aber haben Sie schon mal versucht, Tabletten in klarem Schnaps aufzulösen?

Wer bringt sich freiwillig um? Nur Feiglinge, Waschlappen und Frauen. Ein richtiger, also ein echter Kerl, kennt seinen Platz im Leben und seine Aufgabe. Seine Aufgabe, das ist wichtig.
Ich hab´ das auch Fred gesagt, damals, als seine Frau, na, Sie wissen schon. Nachhilfe hieß es, für die Tochter, war damals schon groß für ihr Alter, ich sag´ noch, pass auf, Fred, diese Studenten, skrupellos, hemmungslos, kennt man ja, wies heutzutage ist, also, ich sag noch, pass auf, aber was ist passiert? Eines Tages war er verschwunden, die Frau gleich mit,

ES GING GAR NICHT UM DIE TOCHTER!

Die ging dann zu ihrer Großmutter, MÜTTERLICHERSEITS.

Es war nicht einfach, hej, Fred, habe ich gesagt, pass jetzt auf, nicht gleich den Kampf verloren geben,

DU HAST JETZT EINE AUFGABE!

An dem Abend haben wir Schnaps getrunken. Ist ja sonst nicht so meine Art, aber er war mein Freund, und, hej, oh Mann, waren wir besoffen an diesem Abend, richtig gut, er hat dann bei uns geschlafen, ich konnte ihn ja schlecht allein lassen in diesem Zustand, Frau weg, Tochter weg und der verdammte Nachhilfelehrer hatte schon sein Geld für den ganzen Monat bekommen und es war erst der Fünfte!
Schwamm drüber, habe ich zu Fred gesagt, und dann hat er über den Tisch gekotzt, ganz still ohne Geräusch, war´ne ziemliche Schweinerei. Der Wirt war beträchtlich sauer und wollte, dass WIR alles aufwischen sollten, aber mit ein bisschen Geld kann man ja alles regeln.
Du musst nur einen festen Standpunkt haben, ja, und eine Aufgabe.
An diesem Abend war Fred meine Aufgabe.

SCHEISS-COGNAC!

Als meine Frau am nächsten Morgen Fred auf der Couch liegen sah, war sie erst ziemlich wütend. Das fehlt mir noch, hat sie gesagt, dass ich jetzt zwei Säufer im Hause habe. Ich find das etwas unfair, erstens so vor Fred und zweitens stimmte es ja auch nicht, wann trinke ich schon, nach Feierabend mal ein Gläschen, zum Abschalten, machen doch alle, und nie Zuviel, einer meiner Grundsätze. Ein Mann, ich meine ein richtiger Mann, HAT GRUNDSÄTZE!
Frauen verstehen das nicht, nie, sie schwafeln lieber von Flexibilität, Konsensbereitschaft, Toleranz, was weiß ich. Na, ich sehe schon, Sie verstehen mich.

Fred blieb noch, wo sollte er auch hin, jetzt, wo seine Frau und die Tochter.
Ich bin dann ins Geschäft gefahren.
Als ich abends meine Frau fragte, wie lange Fred noch geblie-

ben sei, sagte sie nur, DER ARME KERL, und warum ich ihn so abgefüllt hätte. Da hätte ich gleich aufpassen müssen. Von wegen Toleranz und Hilfsbereitschaft.

Kurze Zeit später war Fred arbeitslos. Angeblich wegen Alkoholproblemen. Dabei hatte Fred nie mehr getrunken als ich oder die anderen Jungs. Jetzt war er allein zu Haus, den ganzen Tag. Er fragte mich, ob er mir helfen könnte. Zum Beispiel im Garten und so. Es war ihm wohl langweilig. Von dem Moment an saß Fred bei uns in der Küche. Nicht dass ich was dagegen hätte. Fred war mein Freund und ein Gläschen war immer für ihn da. Er war ja auch in einer beschissenen Situation. Nein! Ich fand es sogar angenehm. Man sparte sich das Geld für die Bar und hatte immer Unterhaltung. Und Frauen hatten wir sowieso schon lange nicht mehr in unseren Stammkneipen gesehen. Jedenfalls keine, mit denen man auf die Schnelle was hätte anfangen können. Wir hatten dann irgendwann festgestellt, dass Frauen uns sowieso nur stören würden. Als Mann hat man ja nicht so viel Gelegenheit sich auszuquatschen. Die Frauen haben es da viel leichter. Obwohl, wenn ich daran denke, was sie oft für einen Blödsinn verzapfen. Immer auf der Oberfläche dümpeln, immer unverbindlich über die Anderen herziehen. Da war ein Gespräch unter Männern direkt eine Erholung. Intellektuell meine ich.

Meine Frau hatte am Anfang noch ein Gesicht gezogen. Sie sah es wohl nicht gern, dass wir in ihrer Küche saßen.
»Jennifer, sagte ich, wir können ihn doch jetzt nicht im Stich lassen. Es ist nur vorübergehend, Du wirst sehen, dann hat Freddieboy wieder einen neuen Job. Die Zeiten sind hart, aber alles ist im Fluss. Mein Gott, wenn ich daran denke, wie es mir vor zehn Jahren ging, weißt Du noch, nein, das kannst Du ja gar nicht wissen, das war ja noch die Zeit von Maria.«

Mein Gott, die hat sich um nichts geschert, immer eine flotte Lippe und einen kräftigen Schluck hat sie auch vertragen, aber mit ein bisschen Mut und Gottvertrauen, ja, Gottvertrauen, das ist wichtig im Leben, Gottvertrauen und einen guten Stand, wie beim Sport, jedenfalls hat es nicht lang gedauert, vielleicht ein Jahr, und es ging mir wieder GLÄNZEND! Leider war Maria inzwischen verschwunden. Aber die Zeiten ändern sich eben. Immer anpassungsfähig und flexibel muss man sein im Geschäft, trotz aller Grundsätze.
Ach ja, die Grundsätze. Ich wollte Ihnen ja von Fred erzählen. Inzwischen änderten sich bei uns die Zeiten. Jennifer, meine Frau Jennifer setzte sich auf einmal, GANZ PLÖTZLICH, zu uns und sagte: Jungs, schenkt mir auch ein Glas ein.

UND SIE TRANK!

Jungs, schenkt mir auch ein Glas ein.

DAS MUSS MAN SICH MAL VORSTELLEN.

Sie trank nie. All die Jahre hatte sie nie ein Glas getrunken. Doch, einmal, als Onkel Albert starb, aber da war ihr später tagelang schlecht. Nie wieder, sagte sie damals. Es war ihr entsetzlich peinlich, als ich ihr am nächsten Morgen schilderte, wie sie Helen an die Brust gefasst hatte und unter dem meckernden Lachen vom alten Henry sagte, du lässt auch schwer nach, Schätzchen! Der Pfarrer ließ den Kaffeelöffel fallen und sagte sofort, lasst uns für den armen Verblichenen beten. Henry lachte noch, als er zur Toilette ging, man hörte es bis über den Flur, ehe die Tür zuschlug. Henry war der Mann von Helen und er musste es wissen. Aber Henry ließ selber schon lange nach. Nur drei Bier und er kommt regelmäßig mit offener Hose vom Klo zurück. Helen verdeckt ihn dann mit ihrer breiten Figur und nur an den ruckartigen Bewegungen ihrer Arme lässt sich erahnen, wie sie ihm hilft. Oder auch nicht.

Und jetzt saß meine Frau bei uns und trank, und im Laufe der Zeit blieb es nicht bei dem einen. Manchmal wurde es selbst mir zu viel. Dann ließ ich die beiden in der Küche sitzen und ging schlafen. Einer musste ja das Geld verdienen. Sie schlief dann bei den Kindern, sagte sie, um mich nicht zu stören, dabei hatten wir überhaupt keine Kinder. Aber ein Kinderzimmer. Nach der letzten Abtreibung sagte sie, wir lassen jetzt alles so, wie es ist, dann fällt es uns leichter. Und jedes Jahr, an unserem Jahrestag, wie sie sagte, mir ist das ja egal, kaufte sie irgendein großes Stofftier und setzte es auf das Kinderbett. Verstehe einer die Frauen.

Aber wenn ich morgens in die Küche kam, war immer topp aufgeräumt, dass musste man ihr lassen. Und sogar Fred war weg.

Die Zeiten ändern sich wie gesagt. Man merkt es ja überhaupt nicht. Erst wenn es passiert ist.

PENG!!

Es kam, wie es kommen musste. Mein Chef rief mich zu sich. Kunden hatten sich beschwert, das heißt, eigentlich hatten sich die Frauen der Kunden beschwert. Die eine, weil ich nichts von ihr wollte und die andere, na ja, sah schon verdammt gut aus. Wir saßen nach Vertragsabschluss noch zusammen und quatschten und tranken ein Gläschen Champagner, man ist ja erleichtert nach einem solchen Schritt.

Meine Firma, das heißt, Miller, Miller und Grünstein, makeln Grundstücke, Häuser, mit oder ohne Möbel, alles was so anfällt, sehr erfolgreich übrigens, was mit Sicherheit auch was mit mir zu tun hat. Jedenfalls saßen wir noch zusammen, sie, ihr Mann und ich und tranken den üblichen Schluck nach der

Unterschrift, ich wollte auch gleich weiter, ich schwöre es, hatte ja auch noch einen weiten Weg, aber sie wollte unbedingt noch eine Flasche aufmachen, nein, keinen Schampus, nicht so ein französisches Schlabberwasser, NEIN!, sie hatte einen sauberen, echten, mindestens 20 Jahre alten Whisky aus dem Keller geholt, extra aufgehoben für diese Gelegenheit!
Und so kam es.
Im Laufe des Abends rückte sie immer näher.
MANN, ROCH SIE GUT!
Und Titten hatte sie.
Direkt vor meinen Augen!
Jennifer ist ja eher schmal.
Ihr Mann schlief schon fast ein.
Als er aufstand, um ins Bett zu gehen, sagte er: »Nein, bleiben Sie nur, wir sind Ihnen wirklich dankbar, Sie sind ein feiner Kerl, Max, wäre doch schade um den Whisky.«
Damit hatte er Recht.
Auch mit dem Whisky.
Nach zwei Stunden kam er wieder herunter. Zum Glück lag noch eine Wolldecke auf dem Sofa. Gloria, so hieß seine Frau, zog sie blitzschnell über den Kopf, leider war die Decke nicht so groß, dass sie auch noch für mich gereicht hätte, bei ihr sah man den ganzen blanken Arsch, aber der Kopf war bedeckt. Als ob der Kopf nackt gewesen wäre!
Er hat nichts gesagt, ganz still war er, keine Miene hat er verzogen, hat nur zu uns gesehen, bestimmt zwei Minuten, hat sich umgedreht und ist wieder nach oben gegangen.
Als ob nichts gewesen wäre!!
Ich bin sofort aufgesprungen, um zu verschwinden. An der Tür habe ich mich noch einmal umgedreht. Das Bild werde ich in meinem ganzen Leben nicht vergessen.
Sie saß immer noch unter Decke, völlig regungslos. Nur der untere Teil. BLANK!
Schade. Ich hätte meinen Whisky noch austrinken sollen. Aber

den Vertrag nahm ich mit. Unterschrieben! So besoffen kann ich gar nicht sein, um meinen Vertrag zu vergessen. Und jetzt das.

Sie hatten sich beschwert. Nein, nicht wegen Gloria. Wegen des Whiskys! Der Vertrag wäre nichtig, weil ich sie unter Alkoholeinfluss gezwungen hätte, einen für sie so ungünstigen Vertrag zu unterschreiben.

»Und das glauben Sie?«, habe ich meinen Chef gefragt. »Max, mein Junge, natürlich glaube ich Dir. Ich kenne Dich doch,« hat er gesagt, »aber lass die Finger von den Weibern.« Er ist manchmal ein bisschen wie Paps. Wir nennen ihn auch alle Paps. Er ist gütig, oft streng, und er kennt mich.

»Du bist der Beste von uns allen, Max«, sagt er oft zu mir. Ich mag ihn, oh ja, ich mag ihn. Aber jetzt hat er mich in den Norden geschickt. Bis Gras über die Sache gewachsen ist, hat er gesagt.

Guter Boden für Geschäfte hier, wirklich, lauter verdammte Spießer, die keine Ahnung haben. Die Frauen gehen mit Lockenwicklern einkaufen und die Männer mit Krawatte ins Bett. Man kann viel Geld machen mit ihnen. Aber ich komme oft nur noch am Wochenende nach Hause. Und Fred sitzt in der Küche und säuft mein Bier! Nicht, dass ich ihm den Schluck nicht gönnen würde, Fred ist mein Freund. Aber immer nur in der Küche.

Er hatte vor dem Kühlschrank gesessen, als ich morgens herunterkam, und die erste Büchse Bier stand schon vor ihm. Er hätte mir wenigstens einen Kaffee machen können. Er wusste ja, wann ich so aufstand. Das würde ich ihm noch beibringen, wer hier die Nummer eins war. Ohne mich würde er in seiner leeren Hütte vor alten Blechdosen sitzen und Trübsal blasen.

In letzter Zeit schlief ich im Kinderzimmer, um meine Frau nicht zu stören. Durch diese langen Reisen kam ich immer später nach Hause. Außerdem drehte sie mir immer den Rücken zu, wenn ich ins Bett kam. Weiß der Teufel, was in sie gefahren war.
»Nein«, sagte ich zu Jennifer, »ich mach das gern für Dich. Du brauchst deinen Schlaf.«
Sie drehte sich zu mir in ihrem grauen Baumwollhemd und zog die Arme fest um ihren Körper, als wollte ich sie angreifen.
»Bei der Armee haben wir auch Rücksicht genommen auf die Kumpel, wenn wir von einer kleinen Spritztour zurückkamen.«
Da wurde sie ganz blass und hatte auf einmal so einen tückischen Ausdruck im Gesicht. Vielleicht bekam ihr der Alkohol nicht, den sie mit Fred trinken musste, damit er mit seinen Problemen nicht so allein saß.
Ja, Jennifer war manchmal großartig in ihrer Güte.

Auf jeden Fall zog ich mit Fred an jenem Tag ein bisschen durch die Stadt.
»Fred, mein Junge«, hatte ich zu ihm gesagt, »Du musst wieder unter die Leute, ehe Du vergessen wirst. Das geht ganz schnell, glaub mir, ich kenne das. Und wenn Du jeden Tag Deine Nase auf meinen Küchentisch legst, kommen Deine Weiber auch nicht zurück.«
Ich merkte schon bald, dass er Probleme hatte, ich meine, finanzieller Art. Es wurde immer schwieriger für ihn, einen guten Job zu finden, in seinem Alter. Immerhin war er fünf Jahre älter als ich.
»Fred«, sagte ich, »mach nicht so ein beleidigtes Gesicht. Es kann jeden treffen, auch mich. Das Leben ist hart, aber Du bist nicht allein. ICH wäre froh, wenn ich so einen Freund hätte, wie mich.«
Dann schob ich ihm einen Zwanziger oben in seine Jackettasche und gab ihm einen leichten Klaps auf die Wange. »Freddieboy,

ich lass Dich nicht im Stich. Max hat noch nie einen Kumpel im Stich gelassen.«
Drei Kneipen später hatte er schon wieder etwas Farbe im Gesicht.
Das war der Zeitpunkt, ihm meinen Sanierungsplan »Rettet Freddie« zu erläutern.
Ich konnte ihm ja nicht dauernd Geld zuschießen.
OHNE GEGENLEISTUNG!
Geschäft ist Geschäft. Das sah er auch ein.
»Du kannst nicht immer ohne Geld sein, mein Junge. Ohne Geld verlierst Du Deine Würde. Schau Dir nur die Bettler oder Junkies an. Willst Du wirklich so werden. So ganz OHNE GESICHT?«
Das traf ihn. Man sah ihm genau an, wie er sich das vorstellte. Er auf der Straße, ohne Gesicht. Er brauchte nicht mehr viel.
»Es ist ganz einfach. Ich helfe Dir und Du hilfst mir.«
Er trieb sich ja sowieso mehr bei uns rum, als bei sich drüben.
»Du kannst ein bisschen Jennifer helfen. Seit den Kindern wird sie immer dünner. Und Jennifer mag Dich. Keine Widerrede. Ich bin Dein Freund. Einer muss ja auf Dich aufpassen, jetzt, wo Deine Frau und die Tochter.«
Da wurde er ganz still und weinte etwas.
Am selben Abend setzten wir noch einen Vertrag auf, mit allen Rechten und Pflichten, die Freddieboy jetzt hatte. Ich schrieb einen Scheck über eine anständige Summe und er gab mir schriftlich als Sicherheit sein Haus. Sollte er das Geld innerhalb eines Jahres nicht zurückzahlen, ging das Haus an mich.
Es fiel ihm schwer, diese Klausel zu unterschreiben, dass merkte man, aber wie gesagt, Geschäft ist Geschäft. Und viel Auswahl hatte er auch nicht, das wusste er.

Ich war großzügig zu ihm, ich half ihm. Ich fühlte mich ziemlich gut.
ICH WAR EIN GUTER MENSCH!

»Es ist doch nur eine Formsache, mein Junge. Was soll ich mit Deinem Haus. Etwa auf Deine Frau warten, bis sie zurückkommt?«
Sie war ein scharfer Feger, schon immer gewesen, aber er musste ja nicht alles wissen. Einen Freund musste man auch schützen können, auch vor sich selbst.

Fred wurde an jenem Abend noch sehr glücklich. Er ließ sich von mir gleich einen kleinen Vorschuss geben und lud mich ein. Übrigens auch die Frauen, die in der Nähe standen.
»Doch, Max, das muss sein«. Und dann küsste er immer abwechselnd mich und die Lady, die zwischen uns saß. Als er ihr zum Schluss seine Liebe erklären wollte, nahm sie ihre Hand von meinem Oberschenkel und schob ihn zur Tür hinaus.
Mann, haben wir gelacht an diesem Abend!

Am nächsten Tag fuhren wir zum Notar, um den Vertrag beglaubigen zu lassen. Ordnung musste sein, auch unter Freunden. Als Fred dann die Summe hörte, die wir ausgemacht hatten, wurde er noch blasser.
»Stell Dich jetzt bloß nicht an«, sagte ich zu ihm, »ist Dein Handschlag nichts mehr wert?«
Freddieboy war ein Schisser und machte leicht Zicken, wenn es drauf ankam.
»Und was denkst Du«, sagte ich zu ihm, »bekommst Du noch für die alte Hütte? Abgemacht ist abgemacht, alter Junge! Und jetzt sei um alles in der Welt wieder optimistisch und mach nicht so ein Gesicht. In einem Jahr bist Du längst wieder eine große Nummer im Geschäft und lachst darüber.«
Dann unterschrieb er. Es blieb ihm ja auch nichts anderes übrig. Von dem Tag an änderte sich unser Leben.

Am Anfang nahm ich Fred das Versprechen ab, Jennifer nichts von unserem Vertrag zu erzählen.

»Es ist besser, wenn sie nichts davon weiß«, sagte ich Fred, »Du kennst ja die Frauen. Sie glaubt dann, Du würdest mich nur ausnutzen und sie wird dem guten Geld hinterher jammern. Was wissen Frauen schon von uns Männern, wenn wir Kumpels in Not helfen wollen. Frauen denken nicht so wie wir, glaub mir das.«
»Aber, Fred, mein Junge,« sagte ich zu ihm, »niemals, hörst Du, niemals darf Jennifer davon erfahren.«
Fred nickte nur. War ja auch klar und verständlich.
»Und was unser Abkommen betrifft, genügt es, wenn Du Jennifer ein bisschen unter die Arme greifst, du verstehst schon. Vielleicht mal beim Einkaufen, die schweren Tüten tragen, den Rasen mähen, ach, und Fred, sei so nett und streich mir das Garagentor. Du siehst ja, wie es mir geht.«
Es ging auch ganz gut. Am Anfang.

Jennifer berichtete mir, etwas verwirrt, von den Fortschritten, die Fred machte. Ganz eifrig schien er zu sein. Das Garagentor hatte er auch tatsächlich gestrichen. In einem scheußlichen Gelb. Wie Hühnerdünnschiss. Er meinte, ich würde dann immer die Sonne aufgehen sehen, wenn ich mein Auto holte. Na ja, da musste er eben nächste Woche noch einmal ran. Und die neue Farbe konnte er bezahlen. Er wollte ja die Hühnerkacke. Wenn ich heute darüber nachdenke, war es eine schöne Zeit.

Wenn ich morgens aufstand, war Freddieboy schon in der Küche, der Kaffee duftete, er fragte mich, wie ich die Eier haben wollte. Oft tranken wir noch ein kleines Schnäpschen zusammen, »zum munter werden!«. Dann schnappte er sich ein Tablett, pfiff ein Lied und ging nach oben, um Jenny das Frühstück zu bringen. Sie schienen länger zu plaudern, denn ich sah ihn erst am Abend wieder.
»Freddie«, sagte ich dann zu ihm, »ich würde es schön finden, wenn du mir meine Hausschuhe bringen könntest, wenn ich

nach Hause komme. Du kennst das doch, wenn man sich den ganzen Tag mit Idioten rumschlagen musste.« Und Freddie grinste verlegen, brachte die Hauschuhe und hängte meinen Mantel auf.
Freddie machte all das, was ich bei Jenny immer vermisst hatte. Er dachte an mich.
Freddie machte mein Leben schöner.
Bis er anfing, nachzulassen.
Immer öfter musste ich ihn darauf hinweisen, dass nicht alles so in Ordnung war, wie es sein sollte.
»Fred«, sagte ich zum Beispiel zu ihm, »mir ist gestern Abend ein Bier umgefallen. Direkt über dem vollen Aschenbecher. Sei so nett und kümmere Dich darum.«
Oder ich bat ihn, diese verdammten Bierbüchsen, die wir abends ausgesoffen hatten, doch endlich in den verdammten Müll zu werfen.
»Ich helfe Dir doch, Fred, jetzt enttäusche mich nicht. Oder willst Du wirklich, dass Jennifer oder die Kumpels von Deinen Problemen erfahren?«
Da schaute er mich mit großen Augen an und kniff den Mund gefährlich zusammen. Als ob ein Kaninchen gefährlich schauen könnte. Dann räumte er seinen Dreck weg.
Jetzt sagen Sie doch selbst, ist das zu viel verlangt? Schließlich hatte ER doch auf der Straße gestanden. Und wer hatte ihm sofort geholfen? Ich bot ihm Wärme, Heimstatt, immer einen guten Schluck und DAS VIELE GELD!
Aber es wurde noch schlimmer.

Als ich eines Tages etwas früher nach Hause kam, lief Jennifer völlig aufgelöst in SEIDENER UNTERWÄSCHE durch das Haus und als sie mich sah, fiel sie mir sofort um den Hals. Auf dem Tisch stand ein riesiger Blumenstrauß.

BEI UNS STEHEN NIE BLUMEN AUF DEM TISCH!

Es sei denn Jenny hat mich mal wieder erwischt oder ich habe Geburtstag.
»Wo ist Fred«, fragte ich in ihr Haar. Sie begann wie eine Irre zu lachen, warf sich auf die Couch und erzählte wirres Zeug. Dann goss sie sich einen doppelten Drink ein. Mir bot sie nichts an. Ich hörte aus ihrem Gestammel nur heraus, dass Fred wohl beim Pokern oder Pferderennen eine größere Summe gewonnen haben wollte. Und dass er sie für heute Abend in einen Club eingeladen hatte.
Fred gewann nie.
Fred und Jennifer.
Von meinem Geld.
Es war grotesk!

Ehe ich nachfragen konnte, kam Fred durch die Tür, aufgetakelt wie eine alte Tunte, die es noch einmal wissen wollte.
»Gratuliere, Freddieboy, ist das Dein Hochzeitsanzug? Welches Pferd hat denn gewonnen?«
Als ich über dem Tisch nach einem Bier angelte, fiel mir leider die verdammte Vase um. Das ganze Wasser lief über seine Hose.
»Oh, Freddie, das tut mir jetzt wirklich leid. Aber ich denke, Du hast ja noch Zeit, die Schweinerei hier wegzumachen, ehe ihr Euch endlich in die Arme fallen könnt.«
Jenny schrie mich plötzlich an, was ich nur für ein Dreckskerl wäre, und wenn nun so ein armer Mensch wie Freddie endlich mal ein bisschen Glück hätte und so weiter und so weiter. Dann nahm sie einen Lappen, um das Wasser aufzuwischen. Ich konnte gerade noch dazwischen gehen, hielt sie fest, sehr fest am Handgelenk, sie schrie kurz auf und ich sagte: »Freddie, Du wirst doch nicht Jenny dein ganzes geklautes Grünzeug aufwischen lassen. Soll SIE vor uns knien, in dieser feinen Wäsche? Oder hast Du alles vergessen, was Du gelernt hast?«
Dabei warf ich ihm den Lappen zu, ungeschickt wie er war, griff

er daneben, ließ ihn fallen und bückte sich tatsächlich. Freundlich lächelnd sang ich, nur für ihn:
»Oh, er ist ein guter Junge, alle Mädchen seh´n nur ihn!«
Dann ging ich ins Bad, um zu duschen.

An diesem Abend trank ich zu viel und allein trinken ist gottverdammt beschissen. Zum Schluss fiel ich über unseren Glastisch und warf alles zu Boden, die Flaschen, den Aschenbecher, die Schale mit den kleinen Kräckers und das scheußliche rosa Pferd aus Murano, dass meine Frau so liebte.
Ich ließ alles liegen. Wozu hatte ich Freddieboy.
Wann die beiden nach Hause kamen, habe ich nicht mehr gehört.
Es war mir auch egal.

In dieser Woche hatte ich einen neuen Bezirk bekommen, gar nicht so weit weg, wie sonst. Vielleicht wurde es ja wieder besser. Paps war sehr zufrieden mit mir, keine Weiber, kein Alkohol, keine kleinen Schweinereien und ordentliches Geld für ihn. Ich war ein Musterknabe.
Ich stieg in einem kleinen Hotel etwas außerhalb ab. Es war ein grünes Haus, die Wände waren mit wildem Wein zugewachsen, eine Familienpension mit schönem Garten, nicht die übliche Absteige für Vertreter. Alles war grün an diesem Hotel, ein grüner Traum.
Ich war früher fertig geworden an diesem Abend, hatte frisch geduscht und saß bei einem gepflegten Drink in der netten sauberen Stube in dieser hübschen heilen Welt. Paps hätte es gefallen.
Eine junge Frau, fast noch ein Mädchen, stellte mir den nächsten Whisky hin. Sie errötete dabei jedes Mal auf eine ganz zauberhafte Art. Beim dritten Glas bat ich sie, mir doch Gesellschaft zu leisten. Sie trank eine grüne Limonade.
Wir waren ganz allein in der Bar.

Sie roch auf eine verrückte Weise nach Frühling und Flieder und ich ertappte mich, wie ich dabei war, mich zu verlieben.

Max, pass auf, sagte ich mir, du kennst die Weiber, kennst du eine, kennst du alle, aber da war es schon zu spät. In der letzten Nacht vor meiner Abreise lag sie bei mir im Bett. Ich fühlte mich wie ein junger Kerl, stark, geschmeidig, sogar klug kam ich mir vor, bei allem, was ich ihr in dieser Nacht erzählte.

Am nächsten Morgen schenkte ich ihr einen schmalen goldenen Ring mit einer Perle, nicht besonderes, aber sie weinte etwas und küsste mir die Hand, bevor ich wegfuhr.

SIE KÜSSTE MIR DIE HAND! WOW!!

Während der ganzen Rückfahrt war ich wie besoffen und sang ununterbrochen alle Lieder von Frank Sinatra. Als ich zuhause in die Einfahrt bog, mähte Freddie den Rasen. Das Leben war wieder schön.

Leider blieb nicht alles so wundervoll.
Freddie fing an, das Geld rauszuwerfen. Ich sah es ja, wenn ich nach Hause kam. Er hatte sich einen gebrauchten Wagen gekauft, nicht so alt wie Hookie, von dem er ihn hatte, der selber in den ältesten Karren der Stadt herumfuhr, aber auch nicht so neu, dass man beunruhigt sein musste. Dafür schien er ein Faible für neue Krawatten entwickelt zu haben. Und Hemden. Und Anzüge. Freddie donnerte sich auf. Es fehlte nur noch, dass er sich die Haare färbte.

Eines Tages lud er mich ein: »Max, ich muss dringend mit Dir reden!«
Warum nicht. Freddie war mein Kumpel, was rede ich, MEIN FREUND, und für Freunde bin ich immer da.

Wir hatten schon die ersten drei Schnäpse zu uns genommen und er druckste immer noch herum.
»Was ist los, Fred, langt das Geld nicht? Soll ich Dir noch was geben?«
Fred sah durch mich hindurch. Zum ersten Mal fiel mir auf, was für ein nichtssagendes Gesicht er hatte. Im rechten Mundwinkel kam regelmäßig ein kleines Zucken, das sich bis in das Augenlid fortsetzte. Er knipste das Auge zu, sehen Sie, so, man konnte eine Uhr danach stellen. Er hätte im Zirkus auftreten können.
»Ja«, sagte er und »nein« und mir war klar was er wollte. Dem kleinen Pinscher passte die ganze Abmachung nicht mehr, das heißt, das Geld wollte er schon gern behalten,
ABER ER WOLLTE NICHTS DAFÜR TUN!
»Ist es so, Fred?«, fragte ich ihn.
Und er sagte:«Max, ich bin Dir wirklich dankbar, für das Geld und alles, Du musst mir das glauben, hörst Du, aber kannst Du mir nicht eine andere Arbeit geben?«
Sein Adamsapfel sprang herauf und hinunter, als würde eine verrückt gewordene Maus in seiner Kehle nach Käsestückchen jagen.
»Ich habe keine andere Arbeit für Dich, mein Freund.«
Ich nahm ihn in den Arm. Ich habe sehr kräftige Finger, Jennifer hatte sich immer beschwert und zeigte mir dann ihre blauen Flecken.
»Dies ist ein freies Land, Freddie, niemand zwingt Dich.«
»ICH HELFE DIR DOCH NUR!« Ich drückte noch ein wenig fester.
»Aber wenn du Dir zu fein bist und Du meinst, die Drecksarbeit wäre nur etwas für Frauen oder verdammte Ausländer, DANN SAG ES MIR!«
»JENNY WIRD ENTTÄUSCHT SEIN, wenn sie merkt, dass auch Du leider nur so ein kleines, rassistisches Schwein bist, wie Hookie, DER DIR DEN ALTEN LILA KARREN ANGEDREHT HAT!«

»SCHADE UM DICH!«
Dann drehte ich mich zu meinem Nachbarn auf der anderen Seite, fing ein Gespräch über die letzten Rennen an und ließ Freddie schmoren.
»Du hast ja Recht, Max.«
Er kam noch schneller, als ich gedacht hatte.
Ich drehte mich nicht einmal um
»Ich bin ein Schwein, Max, ich werd´s auch wieder gut machen, und wegen des Geldes, Du hast ja recht, vielleicht habe ich ein bisschen zu viel ausgegeben, aber wenn wir noch einmal darüber reden könnten, natürlich nur in aller Freundschaft, nur wenn es Dir passt, Max ...« na, und so weiter.
Es wurde dann doch noch ein sehr netter Abend. Freddie zahlte eine Flasche von dem guten alten Stoff, ja, er bestand direkt darauf, wegen unserer alten Freundschaft und zum Schluss fiel er mir weinend um den Hals. Ich war sein bester Freund.

Es schien alles in Ordnung zu sein.
Bis zu jenem Tag, als ich Freddie bat, also ich bat ihn wirklich höflich, das Klo sauber zu machen. Ich hatte mir etwas den Magen an einem Chili verdorben und, na, Sie wissen ja, wie das ist.
Da sagte er NEIN zu mir. Einfach nein.
Ich sagte: »Freddie, mein Junge, bist Du krank? Fühlst Du dich nicht wohl?«
Da grinste er wie ein ertappter Schuljunge und meinte: »Nein, Max, mir geht es gut, sehr gut sogar. Jedenfalls besser, als es Dir damals bei der Armee ergangen ist, als Du das ganze geklaute Zeug selber wieder aus Deinem Versteck im Klo, unten aus der Scheiße holen musstest.«
Ich konnte es nicht glauben. Freddie, diese kleine Ratte, hatte geschnüffelt.
Er hatte unter alten Ruinen gegraben, er war in Katakomben gestiegen, die tief, ganz tief unter alter Zeit lagen. Wenn er wirklich etwas gefunden hatte, war ich in seiner Hand.

Wer konnte ihm etwas erzählt haben? Jenny? Die wusste nichts. Und zu den alten Kumpels war jeder Kontakt abgebrochen, seit sie mich damals verpfiffen hatten. Schöne Freunde! Ich tat so, als hätte Freddie nichts gesagt.
»In fünf Minuten ist hier alles blitzblank!«
Der alte Armeeton funktionierte immer noch. Freddie zuckte automatisch zusammen.
»Wenn ich gleich zurück komme und Du hast das nicht auf die Reihe gebracht, kannst Du was erleben!«
Als ich mich an der Tür noch einmal umdrehte, schrubbte Freddie schon die Schüssel.
Na also.

Ich hatte unter dem Dach ein kleines Zimmer, in das ich mich zurückziehen konnte, wenn Jenny mich wieder einmal zu sehr nervte. Ich schloss es aus Vorsicht immer ab. Als ich kam, stand die Tür offen, ein Schlüssel steckte.

Im Kleiderschrank hatte ich alle wichtigen Dinge in einem Schuhkarton versteckt, darunter auch die Papiere von der Armee. Und Freddies Schuldschein. Auf der Kiste standen meine ältesten Sporttreter. Jenny weigerte sich standhaft, sie auch nur anzufassen. Sie behauptete, sie würden so penetrant nach dem Schweiß der letzten 20 Jahre stinken, dass sie gar nicht genug kotzen könnte, wenn sie nur daran dächte. Einen besseren Schutz gab es nicht. Bis Freddie kam, der keine Hemmungen hatte. Als ich den Karton aufmachte, sah ich sofort die Bescherung. Freddie hatte sich mit seinen gelben Rattenzähnen durchgebissen. Sogar die schönen Fotos von den Nachbarn, eine meiner sichersten Einnahmequellen jeden Monat, hatte er in seinen fettigen Fingern gehabt. Nur die Pistole hatte er nicht gefunden. Sorgfältig eingewickelt lag sie in dem Korb unter der alten Armeesportwäsche. Da hatte sogar Freddie eine Schamschwelle. Die Waffe lag gut in meiner Hand. Ich verschloss die Tür und begann die Pistole zu reinigen. Sie war noch tadellos in Schuss.

Dabei nahm ich ab und zu einen kräftigen Schluck von meiner Notration, die ebenfalls hier versteckt war. Es half mir, meine Gedanken klar zu bekommen. Freddie war eine Gefahr geworden. Nicht, dass ich Angst vor ihm gehabt hätte. Aber er brauchte jetzt eine gehörige Lektion. Freddie war ein Feigling, der bei der geringsten Gefahr nachgab. Das hatte ich ja vorhin gesehen.
Ich hatte noch keinen genauen Plan. Ich verließ mich lieber auf meinen Instinkt, der mich in brenzligen Situationen noch nie im Stich gelassen hatte. Außerdem musste ich Jenny wieder auf meine Seite zu ziehen. Mir würde schon eine hübsche Geschichte einfallen, die ich ihr über Freddie erzählen konnte. Das war nicht besonders schwer, denn Freddie war ein kleines mieses Schwein. Mit einem trockenen Knacken lud ich durch. Es war ein schönes Geräusch.

Lautlos ging ich die Treppe hinunter, der Überraschungseffekt war wichtig. Das Klo war picobello sauber, aber Freddie war weg. Ich fand ihn nirgends. Auch Jenny war verschwunden. Auf dem Küchentisch lag ein großer Zettel:
»Mach Dir keine Sorgen«, stand da drauf, »wir sind nur das Wochenende weg. Und räum´ schön auf!«
Jetzt waren sie fällig.
BEIDE!
Zu lange hatten sie meine Gutmütigkeit ausgenutzt.
Mein Puls war gleichmäßig, die Hand war ruhig. Ich war kalt.
EISKALT.
Wie damals war ich wieder im Einsatz.
Mein Auftrag war klar.
Ich musste sie nur noch finden.

Jenny war nicht so raffiniert, wie sie immer tat. Ich wusste immer, wo sie ihre kleinen Geheimnisse aufbewahrte, von denen ich nichts erfahren sollte.

Sie war ein ordentlicher Mensch. Ich fand die Reiseunterlagen im Ordner »Familienfotos 1960-63«. Sie hatten ihre Flucht schon länger vorbereitet. Die Buchung war 14 Tage alt. Bezahlt hatten sie mit unserer gemeinsamen Kreditkarte.
MIT MEINEM GELD!
Ich würde das Reisebüro verklagen, wenn alles vorbei war. Oder besser noch, ich ging mit meinem Eisenfreund direkt dorthin und klärte das auf meine Weise. Der direkte Weg war oft der beste.
ABER JETZT behielt ich meinen klaren Kopf.
Ich goss mir noch einen Schluck ein.
Zuerst ging ich in die Garage. Mein Wagen stand noch da. Also waren sie mit Freddies lila Kiste gefahren. Dann packte ich Kleidung für einige Tage ein, vergaß auch nicht eine neue Flasche und suchte mir die genaue Route aus dem Plan. Das Motel lag abseits in einem Naturpark. Ich kannte es. Am Anfang unserer Ehe, als noch nicht alles so gut klappte zwischen uns, hatte ich mal ein Wochenende mit Freddies Frau dort verbracht. Der Idiot hatte wie immer nichts begriffen. Ich konnte mich noch an jede Einzelheit erinnern.
Es war schon dunkel geworden, als ich eintraf. Alles schien still und leer zu sein. Ich sah mich ein wenig um. Es war nicht viel los. Nur einzelne Autos parkten vor den Zimmern. Ganz am Ende stand der lila Wagen.
ICH HATTE SIE!
Aber ich musste noch auf die Dunkelheit warten. Ich wollte ganz sicher gehen diesmal.
Nach einer Weile erloschen die Lichter im Restaurant. In der Bar tanzte eng umschlungen ein Paar.
Ich hatte Zeit.

Ich wachte auf, weil ich fror. Es war scheißkalt geworden. Wie lange ich im Auto geschlafen hatte, wusste ich nicht. Jedenfalls war die Flasche fast leer. Ich nahm noch einen Schluck,

nur zum Aufwärmen. Dann sah ich auf die Uhr. Es war halb drei.
Zeit zum Handeln.

Es war ganz einfach. Sie hatten nicht einmal die Tür verriegelt, so sicher fühlten sie sich. Auch die Vorhänge waren nur halb geschlossen. So konnte ich sie im Licht der Straßenlampe deutlich sehen. Sie lag halb unter ihm und er hatte sein nacktes Bein aus dem Bett hängen.
Ich schoss sofort, erst auf sie und dann auf ihn.
Sie schrie laut auf, sie quiekte richtig und er sprang aus dem Bett und hielt sich sein Bein. Im Licht konnte ich seinen Vollbart erkennen.

ICH HATTE DIE FALSCHEN ERWISCHT!

Ich habe keine Ahnung, wie ich dort weggekommen bin. Ich muss wohl den Rest der Nacht ziellos umhergefahren sein. Zum Schluss hatte mich mein Instinkt geführt, denn als die Sonne aufging, stand ich vor dem kleinen, grünen Hotel und wusste, dass ich jetzt das Mädchen sehen musste. Sie war die Einzige in diesem Zirkus, die sauber war.

Zwei Tage blieb ich bei ihr, zwei wunderbare friedvolle Tage. Ich hatte ihr erzählt, dass ich mich jetzt von meiner Frau getrennt hätte und nur sie lieben würde. Sie glaubte mir alles. Ich wiederholte es so oft, dass ich zum Schluss selbst daran glaubte.
Je länger ich bei ihr blieb, desto unwirklicher wurde diese Nacht. Es wurde einfach ein böser Traum, aus dem man aufwachte und alles war vorbei. Am liebsten wäre ich für immer dageblieben. Aber Paps in der Firma wartete auf mich. Außerdem musste ich wissen, was aus Jenny und Fred geworden war.
Ich versprach, nein, ich schwor, sofort wiederzukommen, sobald ich alle Angelegenheiten geregelt hatte. Sogar ihre Mutter hatte

mich schon in ihr Herz geschlossen. Je länger ich sie betrachtete, desto mehr gefiel sie mir. Sie war noch ganz gut in Schuss. Und so wie sie mich ansah, schien ihr meine Nähe zu gefallen. Es war höchste Zeit zu gehen.

Sie lagen noch im Bett, als ich ins Haus kam. Ich war extra später gefahren, weil ich hoffte, sie wären schon weg und ich könnte gleich weiter ins Geschäft.
Es schien sie überhaupt nicht zu stören, dass ich sie so zusammen sah.
»Wo warst Du denn die ganze Zeit?« herrschte meine Frau mich an. Sie war nackt und sah verdammt gut aus. In diesem Moment packte mich ein unglaublicher Zorn. Den ganzen Dreck hatte ich nur ihnen zu verdanken. Sie wälzten sich den ganzen Tag in meinem Bett und lebten von meinem Geld. Am liebsten hätte ich sie sofort erschossen. In meiner Wut erzählte ich ihnen von der Nacht im Motel und wie ich sie nur knapp verfehlt hatte. Sie wurden sehr blass.
»Und, hast Du die Pistole noch?«
Freddie hatte auf einmal keinen Kaninchenblick mehr. Sogar das Zucken im Gesicht war verschwunden.
»Gib sie mir, Max«, sagte er zu mir, »glaub mir, es ist besser so.«
Freddie war Paps und ich war Freddie geworden.
Er streckte sehr bestimmt die Hand aus und ich Idiot legte ihm die Pistole hinein. Damit hatte er nicht nur die Waffe, sondern mich gleich dazu.
Er lächelte sehr freundlich und sagte: »Wir werden Dir helfen, Max, wir sind doch Deine Freunde.« Es war, als hätte ich mir selbst zugehört.
»Übrigens, Dein Chef hat angerufen, Max, er scheint Dich zu vermissen.«
Eine ganz sanfte Stimme hatte Jenny, richtig mütterlich. Die Rolle schien ihr zu gefallen.

Ich fuhr sofort zur Firma. Paps ließ mich eine Stunde vor seiner Tür warten. Dann stellte er mir den letzten Scheck aus. Ich war gefeuert. Angeblich hatte es bei meinen letzten Abrechnungen Unregelmäßigkeiten gegeben. Als ich draußen stand, war ich eigentlich froh, dass alles vorbei war. Paps war ein falscher Schleimer, der selber die Kunden, das Finanzamt und sogar uns, die wir Tag und Nacht für ihn auf Achse waren, nach Strich und Faden betrogen hatte.
Den Wagen hatte ich leider abgeben müssen. Er hatte ihm gehört. So fuhr ich mit dem Zug nach Hause. Als ich die Tür öffnete, warteten sie schon auf mich.

Freddie zog mich ins Haus und wollte wissen, was los war. Als ich ihm erzählte, dass ich entlassen war, meinte er nur, da hätte ich jetzt doch viel Zeit, die sinnvoll genutzt werden könnte. Dann gab er mir einen Plan der täglichen Arbeit, die ich für sie erledigen sollte. Ich könnte gleich anfangen. Als ich ihm den Vogel zeigte, formte er mit Daumen und Zeigefinger eine Pistole und sagte: »Du bist tot, weißt Du das nicht?«

Die neue Situation störte mich am Anfang wenig. Die nächsten Wochen waren sogar sehr angenehm. Ich schlief viel und trank noch mehr. Jenny meckerte zwar dauernd an mir herum, weil ich ihren Arbeitsplan »nicht mit der gebotenen Sorgfalt«, wie sie meinte, erledigte, aber ich hatte schon bei der Armee ein dickes Fell für solche Töne gehabt. Außerdem wohnte ich jetzt ins Freddies Haus. Er meinte, es wäre besser für uns alle. Mir war es egal. So hatte ich wenigstens meine Ruhe.

Nach einiger Zeit war mein Geld alle. Jenny hatte immer öfter so scharfe Falten um die Mundwinkel, wenn sie mich ansah und Fred fragte, wie ich mir denn unsere Zukunft vorstellte. Schließlich wäre ich für sie verantwortlich. Und ob ich vergessen hätte, wie sehr sie mir geholfen hätten, als ich vom Motel

zurückgekommen wäre. Ganz durcheinander wäre ich gewesen und nur aus lauter Menschenliebe und alter Freundschaft hätten sie mir beigestanden und ob ich nicht wüsste, dass auch sie sich strafbar gemacht hätten, weil sie mich vor der Polizei versteckt hätten?
»Wir sind wirklich enttäuscht von Dir, Max, das haben wir nicht verdient.«
Dann zeigte er mir auf der Terrasse die Pisse der Nachbarskatze und fragte mich, ob ich denn überhaupt kein Gewissen hätte.
Das Schwein hatte immer noch meine Pistole.

Ich brauchte dringend Geld. Von einem Kumpel hatte ich den Tipp bekommen, dass ein Hotel in unserer Nachbarschaft einen Nachtportier suchte. Das Haus war ein bisschen heruntergekommen und wurde in der Regel als Stundenhotel genutzt. So wurde ich Nachtwächter in einem Puff.
Die Bezahlung war nicht so toll, aber da ich viele unserer Kunden von früher her kannte, gab es immer ein ordentliches Trinkgeld. Am Anfang waren sie sehr erschrocken gewesen, als sie mich erkannten, aber mit der Zeit hatten wir uns wieder aneinander gewöhnt. In jeder Beziehung.
Einmal hatte ich probiert, an eines der Mädchen heran zu kommen, umsonst natürlich, aber da hätte es mächtigen Ärger mit dem Geschäftsführer gegeben und ich hatte eine Woche lang eine Sonnenbrille tragen müssen. Und das als Nachtportier.
Aber sonst war das eine sehr angenehme Arbeit. Man hatte immer Unterhaltung, denn in den Zimmern waren versteckte Kameras aufgestellt, deren Bilder direkt auf den Monitor im Chefzimmer übertragen wurden. Ich hatte mir angewöhnt, meinen kleinen Fotoapparat mitzunehmen. Und nachts war ich allein.
Nur das Reinigen der Zimmer nach dem Besuch der Kunden störte mich immer noch sehr, zumal ich tagsüber ja auch noch den Haushalt für Freddie und Jenny erledigen musste. Er gab sich zwar alle Mühe, mir in einem väterlichen Ton seine Anwei-

sungen zu geben, aber wenn Jenny beim durchsuchen meiner Taschen noch Trinkgeld fand, das ich am Morgen bei ihr nicht abgegeben hatte, konnte sie sehr unangenehm werden. Sie hatte sich angewöhnt, mich bei solchen Gelegenheiten zu stoßen oder mir in den Oberarm zu kneifen. Einmal, ich erzähle es nur ungern, hatte sie mich sehr schmerzhaft im Schritt gepackt und dabei höhnisch nach meinen Nebeneinkünften gefragt.
Sie hatte sich überhaupt sehr verändert. Ihre ganze Schönheit war verschwunden und mit ihrer spitzen Nase keifte sie jetzt den ganzen Tag Freddie an. Er tat mir fast leid. Es kam sogar vor, dass er mich ab und zu auf einen kleinen Drink in unsere alte Bar einlud. Es fiel ihm leicht, denn er hatte meine Stelle in der Firma bekommen. Jenny hatte wohl nachgeholfen. Paps hatte schon immer die Augen nach ihr verdreht.
Eigentlich konnte ich mich nicht beklagen.

Bis zu jenem Morgen, als Jenny mir einen eingeschriebenen Brief auf den Tisch legte. Er war von dem Mädchen aus dem grünen Haus. Sie war im dritten Monat schwanger und behauptete, ich wäre der Vater. Ich war fassungslos. Was bildete sich diese Göre ein? Und überhaupt, so, wie sie sich an mich herangemacht hatte, war ich mit Sicherheit nicht der Einzige. Richtig läufig war sie gewesen.
Sie würde mich immer noch lieben, schrieb sie, und sie wäre so stolz, dass ich der Vater wäre.
SIE WAR STOLZ AUF MICH!
Eigentlich war sie ja doch ein nettes Mädchen.
Jenny riss mir den Brief aus der Hand und las ihn laut vor. Bei der Stelle mit der Liebe kreischte sie laut auf und dann machte sie mir ein Höllentheater, weil sie nun wusste, wo ich damals geblieben war. Zudem sah sie schon Geldforderungen auf uns zukommen.
An diesem Tag fing Jenny zum ersten Mal an, mich bewusst zu schlagen. Ich war wie erstarrt und unfähig mich zu wehren. Sie

hatte so einen Wahnsinn in den Augen. Ihnen kann ich es ja sagen, ich hatte zum ersten Mal Angst in meinem Leben.
Sie verlangte, ich solle alles abstreiten.
»Das kannst Du ja, Du verlogenes Schwein«, schrie sie mich an.
Und zweitens sollte ich sie überzeugen, das Kind abzutreiben.
Bei ihr hätte ich es ja auch geschafft.
»Das Geld dafür musst Du dir allerdings selbst besorgen. Von uns bekommst Du nichts. Du kannst ja am Tag arbeiten gehen, wie andere anständige Menschen auch, statt nur im Bett zu liegen.«
Ihre Stimme wurde immer unerträglicher.
»Früher hat man so alte Böcke wie Dich ohne Betäubung kastriert!«
Dann sagte sie auf einmal in einem völlig fremden Ton:
»Wenn Du bis morgen die Sache nicht erledigt hast, gehe ich zur Polizei.«
Ich rannte weg.

Die nächsten Tage schlief ich im Hotel. Im Keller neben der Heizung ist ein kleiner Raum, in den niemand kommt. Die Mädchen brachten mir ab und zu kleine Sandwichs, eine spendierte mir sogar eine halbe Flasche selbstgebrannten Schnaps von ihrem Bruder. Er arbeitete gegenüber in der Tankstelle. So schmeckte es auch. Als ich sie fragte, ob jemand nach mir gefragt hatte, sah sie mich sehr erschrocken an. Ich musste noch etwas nachdrücklicher werden, ehe sie mir erzählte, dass die Polizei am Morgen mich gesucht hatte. Einer der Kunden war dabei gewesen.
Es wurde Zeit, zu verschwinden.

Vor dem Morgengrauen ging ich nach Hause, um frische Sachen zu holen und etwas Geld bei Jenny zu finden. Ich wusste, wo sie einen Notgroschen hatte. Als ich die Tür öffnen wollte, passte der Schlüssel nicht mehr. Die Schweine hatten das Schloss ausgewechselt. Ich wollte gerade zur Kellertür gehen, als vor unserem Haus eine Autotür geöffnet wurde und ein Kerl ausstieg. Er kam direkt auf mich zu. Ich rannte durch die Gärten im Zickzack davon. Ich war völlig in Panik geraten. Hoffentlich hatten sie nicht auch noch einen Wagen vor dem Hotel stehen. Ich bekam kaum Luft. Mein nasser Hemdkragen scheuerte am Hals. Die Straße war dunkel und leer.

Vorhin klaute ich im Hotel einem der Mädchen eine große Packung Schlaftabletten. Diese jungen Dinger können ihre Arbeit ohne Drogen und Alkohol wohl auch nicht ertragen.
Ich hatte mir in der Bar gerade einen großen Drink eingeschenkt, als an der Haustür heftig geklingelt und mit der Faust an das Holz geschlagen wurde. Die konnten nur mich meinen. Mein Herz schlug hart wie ein Stein hoch bis in den Hals. Ich bin sofort in den Kellerraum gerannt und habe den Schlüssel umgedreht. Zweimal. Den Schnaps hatte ich mitgenommen. Gottseidank. Ich hatte ihn jetzt sehr nötig.
Es war ein ziemlicher Lärm im Haus. Es mussten mindestens zehn Leute sein. Die kamen doch nicht wegen der paar Bildchen mit einem so großen Aufgebot. Jenny musste mich verpfiffen haben. Sie hatten mich am Arsch. Wegen Mordversuch! Oh mein Gott! Ich trank einen großen Schluck. Die Schritte kamen die Treppe herunter. Direkt zu mir. Der Schnaps brannte in meinen Magenwänden. Er stieg mir die Kehle hinauf. Der Geschäftsführer erklärte, dass hier unten niemand sein könnte. Ein Mädchen kreischte, es war wie Glas auf Glas. Als sie an der Türklinke rüttelten, spürte ich plötzlich, wie die warme Pisse in einem breiten Strahl über mein Bein lief.
»Das ist nur der Heizungsraum«, sagte mein Chef.
»Wir müssen alles sehen. Wo ist der Schlüssel?« Der Kerl stand direkt hinter der Tür. Ich konnte ihn riechen. Dann gingen sie wieder weg.
Als ich sie nicht mehr hörte, öffnete ich ganz leise die Tür einen

Spalt, nur einen ganz schmalen Spalt. »Lieber Gott, wenn Du mich noch lieb hast«, betete ich ununterbrochen, nur diesen einen Satz.
Ich musste vorsichtig sein. Mich würden sie nicht erwischen.
Sie waren tatsächlich alle nach oben gegangen.
Ich lief zur hinteren Tür, die Außentreppe hoch, einer schrie noch etwas, aber ich war schon weg.

Meine kleine Bar hat gerade geöffnet. Ich denke nicht, dass sie mich hier suchen werden. Ich weiß nicht mehr, wo ich sonst noch hin könnte.
Dieser Cognac ist doch nicht so übel.

Manche dieser Tabletten sollen übrigens einen üblen Nachgeschmack haben. Tagelang.
Ich hoffe, dass bald alles vorbei ist.

Ein kleines grünes Haus am Ende des Weges kann schon sehr verlockend sein.

Na dann, sehr zum Wohl allerseits.

Der Redner

Meine Vergangenheit ist ungewiss und die Zukunft wird heute beginnen.
Sie werden sich fragen, woher weiß er das?
Mein Beruf gibt mir die Gewissheit. Ich bin Redner, Trauerredner.
Wenn ich auch heute als Insasse dieses schönen Heimes leben darf, meinen Beruf also nicht mehr aktiv ausüben kann, so bleibe ich doch der Redner, der Tröster, der Begleiter. Schwester Irmtraud glaubt zwar nicht daran. Sie hält alles für Unsinn und störend im Ablauf des täglichen Lebens. Aber sie ist in einem Alter, wo Zweifel und Unwissen sich zur Neugier paaren. Also sehr reizvoll.
Auch in der Trauer können Menschen reizvoll sein. Aber interessanter sind doch die Toten. Es gelang mir immer, eine Beziehung aufzubauen, zu ihnen, die uns scheinbar verlassen hatten. Sie waren alle meine Freunde.
Es waren so viele, die ich begleiten durfte.
Nein, nicht durch ihr Leben. Nur den Weg durch das letzte Stück zum Ende.
Viele sehen es mir an, die Kleidung, die Haltung, meine Augen, mitfühlend, aber immer ein Stück entfernt.
Ein Trauerredner darf sich nicht mit den Hinterbliebenen identifizieren oder von ihrer Trauer einfangen lassen.
Wo sollte sonst das Mitgefühl, das Mitleiden, der Trost für sie herkommen?
Sie alle sind vereint in dem gemeinsamen Chor einer heulenden, stöhnenden, schluckenden, die anderen ob ihres wohl genügend vorgetragenen Schmerzes kontrollierenden, den Lachreiz unterdrückenden, einsamen Trauergemeinde.
Nicht meiner Trauer. Das ist nicht meine Profession.

Heute besucht mich Frau von Kolberg mit ihrer kleinen Tochter. Sie kommt einmal in der Woche zu mir. Mehr erlauben die Doktoren nicht. Es würde mich zu sehr aufregen, sagen sie. Das ist natürlich Unsinn. Sie brauchen einfach eine Begründung, um den Anderen, die außerhalb dieser gepflegten Gartenanlage das Wunder eines ungerupften Löwenmäulchens bewundern dürfen, eine Erklärung zu geben, warum sie mich hier festhalten. Ich durfte ihren Gatten begleiten, als er vor zwei Jahren von uns ging. Als ich nach getaner Arbeit den Friedhof verließ, lief mir ihre Tochter nach. Sie schob ihre Hand in die meine und lief mit mir, ohne auch nur einmal den Kopf nach ihrer Mutter zu wenden. Frau von Kolberg lud mich dann zu einem Kaffe ein, in allen Ehren natürlich. So war ich Teil ihrer Trauer, ihres Lebens geworden.

Ich – bin der Ewige Begleiter!

Trost spenden zu dürfen für Menschen, die einen Verlust erlitten, nicht als Ersatz des Priesters, wenn er nicht zur Verfügung stehen kann oder nicht erwünscht ist, nein, als gleichwertiger Partner, das ist meine Aufgabe.

Das ist natürlich nur ein kleiner, wenn auch der wichtigste Teil meines Lebens.

Das Bestattungswesen als solches ist ein umfangreiches, es gehört dazu der Transport des Verblichenen, das entkleiden, waschen, schminken der Leiche, das Ausheben der Grube, früher auch das Zimmern des Sarges, das Ausschmücken der letzten Ruhestätte, das Dekorieren des Trauerraumes, die Wahl der Musik, die Verantwortung für ein würdiges Finale!

Ich war ein guter Redner. Am Anfang hat es niemand geglaubt. Ich war ja nur der Hilfsgärtner mit den weißen, weichen Hän-

den. Niemand wusste, woher ich kam und keinen interessierte es, wohin ich gehen wollte.
Es interessierte mich selber nicht.

Als ich zum Friedhof kam, hatte ich eine lange Zeit der Einsamkeit hinter mir, obwohl täglich ameisenhafte Menschen an mir vorbeizogen. Nachts war ich allein mit mir und den Schatten, die mich bedrohten und meinem Geist das Licht nahmen. Ich büßte, wie ein Mensch nur büßen kann. Als ich mich an die Dunkelheit gewöhnt hatte und gewiss war, dass ich nicht mehr existierte, wurde mir ein Drittel der Strafe entlassen und ich wurde hinausgeworfen in das Licht, den Lärm und den Dreck der Straße.

Mein Leben verläuft in ruhigen Bahnen, ich habe meinen geregelten Tagesablauf, an mir ist nichts Besonderes!

Der Anstaltsgeistliche hatte mir empfohlen, mich zu bewerben. So wäre ich meiner Vergangenheit immer nahe und käme nicht in Versuchung, zu vergessen. Wie hätte ich je vergessen können.

Ich sprach nicht viel und wenn, dann nur mit meinen Kunden unter den Hügeln. Im jungen Frühling, wenn die Kälte aus der Erde steigt und die Luft leichtsinnig nach Mist und Sehnsucht riecht, hatten wir Saison. Das alte Leben verließ uns, um Platz zu machen. Notgedrungen hörte ich die Litanei der Priester und die toten Worte, so tot wie Ihre Kunden, gehalten nur von tausend Jahre alter Form. Ich empfand erst Unmut, später Ärger, der sich zornig Luft machte beim zuschaufeln der Gräber. War ich dann allein mit den Toten, fing ich an, mit ihnen zu sprechen. Ich erklärte ihnen die Gründe, warum es sowenig Achtung vor dem Tode gab und warum man sie so schnell vergaß. Eines Tages hörte mich der Verwalter. So wurde ich probeweise Trauerredner.

Der Kontakt zu den Hinterbliebenen, ich sagte es schon, beschränkt sich auf das Formale. Man erfährt das Wichtigste für die Trauerrede und beendet überflüssiges Plappern der Kunden mit wohlgesetzten Formeln.

So wird jede weitere Bitte um Zuneigung, das gierige Greifen nach meinen eigenen Gefühlen unmöglich gemacht. Keine Witwe wird das süße Gift des Leidens in mich spritzen können, um dann, wenn sie mich wie ein Spinnenweibchen ausgesaugt hat, meine Hülle gleich einem leeren Sack wegwerfen zu können.

Nie mehr!

Verzeihen Sie bitte meine Plattitüden, natürlich sind nicht alle gleich. Selbstverständlich stehe ich nicht gleichgültig dem Schicksal dieser armen Geschöpfe gegenüber. In Ausnahmefällen ergeben sich sogar private Kontakte, die über den formalen Ablauf eines Trauertages hinausreichen.
Ein Kind, ich wies schon darauf hin, kann als Mittler zwischen der Welt der Trauernden und der ausgesuchten Begleiter, zwischen innen und außen, einen Kontakt herstellen. Niemand sonst. Sie sind die Engel, weil sie nicht dazugehören.
Dabei sind sie sehr begehrenswert in ihrer zielstrebigen Unschuld. Ich kenne sie genau. Sie als Einzige haben die Macht.
Über den Tod.
Und die Menschen.

Ich begann ein angenehmes Leben zu führen. Die Bezahlung war besser und die Trinkgelder hoch. Ich war immer weniger gezwungen, mich den Hänseleien der anderen Gärtner auszusetzen. Meine Bildung und die Erfahrung meiner früheren Leben halfen mir, anderen beizustehen. Ich erhielt eine Rolle, die mir zustand. Ich war gefragt, ich wuchs, ohne mich war keine Beisetzung mehr möglich, sogar Christen verzichteten schon auf den Priester, um mich zu hören. Ich war der Engel, der führte. Ich kannte den Weg.

Ich war der Weg!

Es war ein Freitag, als sich alles ändern sollte. Drei Beerdigungen standen auf dem Kalender, wovon ich zwei gestalten durfte. Ich ging durch den alten Teil des Friedhofs. Er ist schöner und weniger gepflegt. Ein Engel war durch den Sturm der letzten Nacht vom Sockel gestürzt. Die segnende Hand wies mit ausgestrecktem Zeigefinger aus dem hohen Gras des Nachbargrabs anklagend in den Himmel. Vielleicht wollte er auch nur auf die Wildnis hinweisen, die sich bereits alle Wege erobert hatte. Es war mir gleichgültig. Ich dachte über meine Texte für die Trauerfeiern nach und eine Möglichkeit, wie ich für meine Reden mehr Geld bekommen könnte. Mein Lebensstandard hatte sich geändert und mir fehlten immer noch die Mittel für eine standesgemäße Ausrüstung.

Vor der Aussegnungshalle stand der Verwalter im Gespräch mit dem Bürgermeister und dem Personalrat der Stadtverwaltung. Als er mich sah, winkte er mich zu sich und eröffnete mir, im Beisein der beiden anderen Herren, dass es leider nicht mehr möglich sei, mich weiter zu beschäftigen. Zum einen fehlten der Stadt die Mittel für eine solche Funktion, wie ich sie wahrnahm, sie wäre nicht einmal im Personalplan vorgesehen, warf der Herr Personalrat ein, und zum anderen hätten sich einige Herrschaften über mich und meine mangelnde Sensibilität beschwert. Man warf mir Herrschsucht vor und ein ausuferndes Überschreiten meiner Kompetenz. Zudem würde ich den christlichen Charakter der Ruhestätten stören.

Die Trauerrede durfte ich nicht mehr halten, ich wurde vielmehr gebeten, mich zu entfernen und den Friedhof in Zukunft zu meiden.

Ich wartete vor der Halle, bis die Trauerfeier zu Ende war. Dann folgte ich demonstrativ dem Sarg bis zum geöffneten Grab. Als der Tote hinabgelassen wurde, rief ich laut: »So kehrst Du zurück in den Schoß, aus dem Du gekrochen bist!«
Die bösen Blicke des Verwalters und der Trauergäste gefielen mir sehr.
Ich nahm mir vor, von nun an täglich zu allen Beerdigungen zu gehen und nur dazustehen, schwarz und stumm. Ich wäre nun nicht mehr nur der ewige Begleiter, sondern

Der Stumme Gast

Es ging nicht gut. Ich bekam erst Hausverbot, dann Anzeigen wegen Hausfriedensbruch. Die Polizei nahm mich öfters in Verwahrung. Die Nächte in den Zellen brachten mich um den Verstand. Man holte einen Arzt, der mir Spritzen gab. Dann schickte man mich nach Hause. Ich war ja harmlos.
Das Leben hatte seinen Sinn verloren. Ich hatte mich verloren. Was würde passieren, wenn ich sterbe würde. Würde man mich in den Fluss werfen? Ich hatte doch Hausverbot! Wie sollte man mich in der Erde beisetzen? Ich beschloss, meinem Leben ein Ende zu setzen, dort, wo ich am liebsten gelebt hatte.
In der nächsten Nacht öffnete ich die kleine Nebentür zum Alten Friedhof. Sie war nie abgeschlossen und lag verdeckt und zugewachsen an einer unzugänglichen Stelle. Als ich eintrat, spürte ich, wie ich zu leben begann. In dem neuen Teil des Friedhofs war ein frisches Grab aufgeschüttet worden. Es lagen noch alle Kränze und Blumenspenden aufgetürmt. Es musste ein bedeutender Mensch gewesen sein. Bei denen waren die meisten Reden hohl, bedeutungslos und verlogen. Nie wurden schlechtere Reden gehalten. Je höher der Stand, desto mieser die Trauer. Es war oft zum weinen. Er tat mir leid. Das hatte niemand verdient. Also stellte ich mich hin und hielt meine beste Rede. Sie dauerte etwa eine halbe Stunde. Danach fühlte ich mich bedeutend besser.

Von nun an ging ich jede Nacht auf den Friedhof und begrub die Toten ein zweites Mal. Ich war besser als je zuvor. Wir genossen es, meine Kunden und ich. Es war nur schade, dass wir so allein waren.

Tagsüber hatte ich auf den diversen Bänken in den Parkanlagen der Stadt Menschen kennen gelernt, die, obwohl einfacher Herkunft, Wert auf meine Bekanntschaft legten. Sie boten mir von ihrem Schnaps an, den ich stets ablehnte und hörten mit Begeisterung meine Erzählungen über die verschiedenen Arten der Bestattung mit ihren Hinterbliebenen. Warum sollten sie diese Feiern nur aus meinen Berichten kennen? In beschloss, sie zu meinen nächtlichen Ausflügen mitzunehmen. Sie fürchteten sich und es bedurfte einiger Überredungskunst, bis sie mir in den folgenden Nächten zu den Gräbern folgten. Sie waren sehr beeindruckt von meinen Reden und sprachen kaum ein Wort. Nachdem sie sich daran gewöhnt hatten, verlangten sie nach einer ordentlichen Leichenfeier. Sie stellten Kerzen auf, nahmen ihren Schnaps mit, später auch ihre Schlafsäcke, um nicht betrunken über den Friedhof zu wanken, denn sie hatten doch Respekt vor dem Tode, und feierten von nun an mit mir jede Nacht das Ende eines Mitbürgers. Und wenn einmal kein neues Grab da war, so feierten sie den frischen Tod des letzten Tages ein zweites Mal. Ich hielt die Trauerrede und sie waren die Hinterbliebenen. Es hatte alles wieder seine Ordnung. Es war ein glückliches Leben.

Sie konnten natürlich nicht den Mund halten. Die Kunde von dem schönen Leben auf dem Friedhof verbreitete sich rasch. Es kamen nicht nur meine Bekannten, die meine Freunde geworden waren. Es kamen auch Nachtbummler, die nicht nach Hause fanden, Jugendliche, die den neuen Park weltlicher Unterhaltung vorzogen, Trauernde, die eine würdige Bestattung noch einmal genießen wollten und es kam die Polizei, die zum Schluss alle mitnahm.

Sie kamen alle mit einem blauen Auge davon. Es gab Strafen wegen Störung der Totenruhe, nächtlicher Ruhestörung, Hausfriedensbruch oder ähnliches. Die Zeitungen berichteten in großer Aufmachung darüber. Nur ich kam nicht so glimpflich davon. Mein Verfahren wurde abgetrennt, da ich der Quell allen Übels war.

Es glaubte mir niemand, dass ich immer und überall nur der tröstende Begleiter gewesen war, dass ohne mich die Traurigkeit in dieser Stadt gewonnen hätte, die Habgier überhand genommen und die Kälte endgültig eingezogen wäre. Ich bot meine ganze Rhetorik auf, aber es nützte nichts. Mein Pflichtverteidiger kegelte in seiner Freizeit mit dem Friedhofsverwalter und benutzte den Prozess ausschließlich, um seine Popularität zu steigern. Er wollte wohl für den nächsten Stadtrat kandidieren.

Das Gericht bestellte einen völlig unfähigen Gutachter, der meine Vergangenheit anführte, um meine Geisteskrankheit zu beweisen. Niemals, so sprach er mit überlegenem Dünkel, niemals hätte man mich in das bürgerliche Leben entlassen dürfen. Man wies mich auf unbestimmte Zeit in eine Anstalt ein. Eine Zeitung druckte eine fünfteilige Serie über mich. So konnte ich wenigstens mein tägliches Leben in diesem Heim verbessern.

Heute wird mich Frau von Kolberg mit ihrem Kind besuchen. Es ist der Todestag ihres Mannes. Sie hat mich gebeten, einige tröstende Worte vorzubereiten.
Die kleine Tür im alten Friedhof hat sicher noch kein neues Schloss.
Es wird mir ein Vergnügen sein, mit einer völlig neuartigen, von mir entdeckten Form der Trauerrede den Toten vom anderen, dem neuen Leben zu erzählen.
Frau von Kolberg gehört auch dazu.
Ihre kleine Tochter wird einen Ehrenplatz an meiner Seite erhalten.

In unserem neuen Leben.
Bis zum endgültigen Abschied.
Vor dem Tod.

Kopfschutz

Den blauen Eimer trug Herr Kulon ausschließlich, wenn er die Wohnung verließ. So wie Andere sich den Hut aufsetzen oder eine Mütze, so stülpte er sich das Gefäß über den Kopf, nahm zusätzlich einen weißen Blindenstock in die Hand und ging dann leichten Schrittes aus dem Haus. Nur unter dem Eimer fühlte er sich geschützt, dann sah er nicht die vielen grellen Lichter, die hastenden Menschen, den Dreck in allen Ecken, und der Lärm der vielen Fahrzeuge, die laute Musik und das stetige auf- und abschwellende Stimmengewirr drangen nur schwach in seine Ohren. Er lief fröhlich die Straßen entlang, grüßte zurück, wenn man ihn erkannte, stieß er gegen eine Laterne, sagte er »Hoppla«, und sprach ihn ein Nachbar an, wie es ihm denn ginge, meinte er freundlich: »Vielen Dank, aber Sie sehen ja selbst«. In seiner Wohnung brauchte er den blauen Eimer nicht, denn dort war er allein und alles war still und sauber. Das Haus verließ er nur, wenn es sich absolut nicht vermeiden ließ, er ein neues Brot oder Milch kaufen musste, oder bei der Post einen dicken Umschlag an einen seiner Kunden sandte.

Kulon hatte Mathematik studiert und seine Diplomarbeit mit ausgezeichneten Noten abgeschlossen. Trotzdem war es ihm nicht gelungen, eine ihn befriedigende Anstellung zu finden, obwohl er es mehrfach versucht hatte. Entweder war ihm die Firma zu nah oder zu weit entfernt, die Kollegen waren zu abweisend oder zu neugierig, selbst an der Universität hatte man ihm eine Assistentenstelle für das kommende Semester in Aussicht gestellt, aber er hatte keine Lust, weiterhin jeden Tag unter den aufdringlich fröhlichen Studenten zu verbringen, die ihn bei jeder Gelegenheit in den Arm boxten und »na, Kulon, Du alte Kuhhaut, heute schon im Stall gewesen«, zuriefen, und das nur, weil sie durch Zufall erfahren hatten, daß er seine Kindheit auf einem Bauernhof mit ständig Kot ausscheidenden Rindern verbracht hatte. Sie konnten nicht ahnen, wie er es haßte, daran erinnert zu werden, hatte ihn doch schon sein Vater jedes Mal so geweckt, »Morgen, Walter, heute schon im Stall gewesen? Hopp, hopp, die Kühe warten nicht«, und Walter ging hinaus in die kalte Nacht, lief über den Hof in den Stall und zog an den Euterzitzen der riesigen Tiere, bis ihre warme Milch in einem Strahl in den blauen Eimer spritzte. Eines Morgens stand unerwartet der Vater hinter ihm und brüllte schon in der Stalltür, warum er wieder einmal so spät seinen Pflichten nach käme, so würde niemals im Leben etwas Vernünftiges aus ihm werden. »Faulpelze und Tagediebe landen entweder im Straßengraben oder im Gefängnis« und dabei brüllte er immer lauter und ohne Pause, bis Walter sich den fast vollen Eimer umgedreht über den Kopf stülpte, daß die warme Milch über seine Haare, das Gesicht, den Hals bis ins Hemd lief. Dort unter dem Eimer erlebte er zum ersten Mal, was Stille und dunkle Abgeschiedenheit bedeutete. Seit diesem Tag flüchtete er sich immer häufiger in den Schutz des blauen Eimers. Das hörte auch nicht auf, als Walter nach der Schule trotz großer Widerstände seines Vaters in die Stadt ging, um dort zu studieren. Manchmal sah man ihn in der Straßenbahn sitzen, auf dem Kopf den blauen Eimer und in der Hand die abgeschabte Aktentasche seines Großvaters mütterlicherseits, der es in der nahen Kammgarnspinnerei bis zum Werkmeister gebracht hatte. Nach den ersten Monaten voller Spott und Häme hatte man sich an Kulon und seinen blauen Eimer gewöhnt.

In den letzten Semestern hatte Kulon seine Kommilitonen als Tutor betreut und, da sie ihn und seine ausgezeichnete Arbeit kannten, gaben sie ihm nach seinem Ausscheiden aus dem Universitätsbetrieb auch weiterhin ihre schlecht geschriebenen Hausaufgaben oder Diplomarbeiten zur Überwachung und Betreuung. Dafür bezahlte man ihn gut und so konnte er es sich leisten, in seiner stillen Wohnung zu bleiben, ohne ständig den Lärm der vielen Menschen und ihre grässlichen Ausdünstungen ertragen zu müssen.

Es vergingen Jahr und Tag und nichts Aufregendes geschah, bis er eines Tages, es war in der Karnevalszeit und in den Straßen war ein heftiges Gedränge und Hin-und-Her-Geschiebe, von einer dicken Frau mit zwei vollen Taschen, die es wohl sehr eilig hatte, kräftig angerempelt wurde und er dabei mit dem Kopf gegen einen Mauerpfosten fiel. Durch den Aufprall brachen aus dem blauen Eimer mehrere große Teile heraus, und so sah er unvermutet eine fette^^ Frau mit aufgerissenen Augen vor sich. Mit weit geöffnetem Mund, aus dem eine Reihe goldener Backenzähne strahlten, schrie sie ihre Angst vor dem Unbekannten hinaus, und dabei stieß sie kleine, weiße Wolken wie bei einer Dampfmaschine in den Himmel. Niemand hörte sie, denn der Lärm überdeckte alles andere. Als Kulon nach ihrem Arm griff, um sie zu beruhigen, ließ sie ihre Taschen fallen und lief mit ihren kleinen flinken Beinen von ihm weg, dabei schob und drängte sie sich mit allen Kräften durch die zähe Menge, bis sie restlos in ihr verschwunden war, als hätte es sie nie gegeben.

Zum ersten Mal seit vielen Jahren sah Herr Kulon die Straße vor sich, breit wie ein Strom, darin die vorüber hastenden Menschen, die in ihm schwammen, an den Seiten die verdreckten Häuser und die gesamte, hässliche Nachbarschaft, deren Anblick ihn mehr erschreckte als der kleine Unfall mit der dicken Frau. Unzählige Menschenköpfe sprangen auf und nieder, an vielen Ecken gab es offenes Feuer in Metallkörben, um die sich frierende Leiber scharten, von einer nahen Kirche begannen die Glocken zu läuten, direkt hinter ihm schrillten die Klingel einer Straßenbahn und er hatte das erschreckende Gefühl, daß alle auf ihn, nur auf ihn starrten, als hätte er allein das bunte Narrenkleid an.

Kulon war bis ins Innerste erschrocken. Er hielt die Hand vor sein Gesicht und rannte, sich an der Hauswand fest haltend, zum nächsten ihm bekannten Haushaltswarengeschäft, um sofort einen neuen Eimer zu kaufen. Er musste sehr weit laufen, und je weiter er sich von seiner Wohnung entfernte, desto hässlicher und lauter wurde die Welt. Herr Kulon war am ganzen Körper nass geschwitzt, als er endlich in die geöffnete Tür des Ladens stürzte. Innen hörte man fast nichts von dem Lärm, die Regale waren hoch und aufgeräumt, hier war es still und warm. Hinter dem Tresen stand ein dünner Mann in einem Kittel. Herr Kulon war der einzige Kunde.

Bereits am Eingang stapelten sich viele Eimer in allen Größen und Farben, aber leider konnte er keinen von der gleichen blauen Farbe entdecken. So griff er zum ersten Mal nach einem leuchtenden Feuerrot, bezahlte und setzte sich dieses wunderschöne Exemplar, noch im Laden, auf seinen Kopf, ehe er wieder auf die Straße hinaus trat.

Am nächsten Tag entdeckte er ein Foto von sich in der Zeitung mit der Unterzeile:
»Wird das die neue Mode über den Fasching hinaus?«
Darunter hatte ein Journalist geschrieben:
»Wir alle haben diesen Unbekannten schon einmal gesehen. Niemand hat uns bisher sagen können, wer sich hinter dieser merkwürdigen Kopfbedeckung verbirgt. Manche vermuteten dahinter ein schweres Schicksal, etwa einen Unfall mit häßlichen Verletzungen oder gar ein Brandopfer. Nun hat er seinen traurigen blauen Eimer durch ein fröhliches, feuerrotes Gefäß ersetzt und sich so dem bunten Karnevalstreiben angepasst. Vielleicht wird das die neue Mode für unsere Promis, wenn sie nicht erkannt werden wollen? Wer ist der geheimnisvolle Unbekannte? Wir sind gespannt, ob uns unsere Leser helfen können. Eine Belohnung von unserer Redaktion wird uns bestimmt helfen, das Geheimnis zu lüften.« Daneben standen ein

beachtliche Geldsumme und eine Telefonnummer, unter der man anrufen sollte.

Schon am nächsten Tag lief eine bunte Anzeige über eine halbe Zeitungsseite:
»Bei uns bekommen sie den blauen Eimer der Promis!«
»Jeder zehnte Kunde bekommt noch eine seltene Faschingsnase dazu.«
Kulon war alles sehr unangenehm und er überlegte, ob man rechtliche Schritte gegen das Geschäft einleiten sollte.

Am dritten Tag druckte die Zeitung ein weiteres Foto von Kulon mit seinem Eimer, diesmal neben einem ehemaligen Kommilitonen, dem Kulon mit großer Mühe durch alle wichtigen Prüfungen geholfen hatte.
»Ich kannte ihn und hatte immer etwas Angst vor ihm. Ständig trug er seinen Eimer durch die Stadt. Ich glaube er ist etwas verrückt, aber ein Mathegenie.«
Darunter hatte der Redakteur geschrieben: »Haben wir einen neuen Einstein in unserer Stadt? Helfen Sie uns, ihn zu finden.«
Wieder hatte man die Summe und die Telefonnummer daneben gestellt.
Am vierten Tag veröffentlichte die Zeitung auf ihrer Titelseite unter der grellen Überschrift »Wir haben ihn!« ein weiteres unscharfes Privatfoto von Kulon, diesmal ohne seine Kopfbedeckung, aber mit seiner vollständigen Adresse. Bereits am frühen Morgen drängten sich die Fotografen vor seiner Tür, klingelten und schrien zu seinem großen Schrecken unüberhörbar, er solle sich nicht so anstellen und endlich herauskommen. Dabei winkten sie mit großen Geldscheinen in der Hand, die ihm sofort gehörten, wenn er sich nur ein einziges Mal blicken lassen würde.
Walter Kulon zog seinen Eimer über den Kopf und suchte instinktiv Schutz zwischen Bett und Wand. Am Abend hatte sich

die Presse wieder verzogen, nur einzelne Nachbarn standen noch auf der Straße und tuschelten. Eine junge Frau hatte einen silbernen Topf mit Suppe vor seine Tür gestellt. Auch flackernde Windlichte hatte man auf den Eingangsstufen entzündet, als wollte man ihm auf diese Weise zeigen, daß er nicht vergessen sei und es trotz allem Menschen in seiner Nähe gäbe, die an ihn dachten. Niemand wollte, daß es ihm schlecht ginge.

Es dauerte fast eine Woche, bis das öffentliche Interesse an ihm nachgelassen hatte. Das war verständlich, denn inzwischen hatte der Bericht über einen afrikanischen Zirkuselefanten die Schlagzeilen aller regionalen und selbst überregionalen Blätter erobert. Während eines offiziellen Besuches beim Bürgermeister hatte sich der Elefant von der Hand seines Zirkusdirektors losgerissen und war einer vorüber fahrenden Straßenbahn nachgelaufen, als würde er einem alten Herdentrieb folgen. Nachdem die aufmerksamen Fahrgäste durch heftiges Rufen und Winken den Fahrer auf seine unerwartete Begleitung aufmerksam gemacht hatten, lenkte dieser, ohne noch einmal anzuhalten, die Straßenbahn an allen Haltestellen vorbei und beendete erst an der letzten Station seine wilde Fahrt. Der Elefant hatte bereits nach drei Haltestellen das Unsinnige seines Handelns selbst eingesehen und auf dem Marktplatz angehalten, um an einem duftenden Obststand, trotz heftiger Proteste des Besitzers, alle Bananen und mehrere Orangen in seinen großen Körper zu stopfen. Als er sich anschließend einem Brotstand mit frischen Backwaren nähern wollte, war zum Glück der Zirkusdirektor eingetroffen, dem der Elefant ohne weiteren Widerstand zu leisten, zurück in sein warmes Zelt folgte. Abgesehen von zwei Ohnmachtsfällen in einem Café und einem verstauchten Daumen des Obsthändlers waren keine weiteren Opfer zu beklagen.

Über Herrn Kulon und seine merkwürdigen Kopfbedeckungen

gab es in Folge keine weitere Berichterstattung. Nur die Anzeigenkampagne des Haushaltswarengeschäfts war geblieben. »Kaufen Sie die blauen Eimer der Prominenten!«

Nachdem Kulon eine Woche in seinem durch schwere Vorhänge abgedunkelten Zimmer verbracht hatte, trat er in den Abendstunden wieder auf die Straße. Er musste dringend einkaufen, denn seine Vorräte waren zu Ende gegangen. Außerdem hatte er noch etwas zu erledigen, was für ihn vielleicht eine größere Tragweite haben sollte, als er es sich selbst einzugestehen wagte.

Das Bild in der Stadt hatte sich inzwischen eindeutig geändert. Immer wieder hüpften blaue Eimer über die Köpfe der Passanten hinaus. Da aber nur Wenige von ihnen die Erfahrung und langjährige Technik des Herrn Kulon besaßen, stießen sie dabei ständig zusammen. Oft bildeten sich ganze Trauben übereinanderstürzender Personen, und ihre Eimer rollten unkontrolliert über die Fußwege und Straßen.

Nichts davon bemerkte Herr Kulon in seiner Dunkelheit. Zielstrebig ging er, den weißen Stock rechts und links über das Pflaster und mögliche Hindernisse streifend, durch die Stadt, als wäre es ihm möglich, mühelos trotz seiner Kopfbedeckung die Stadt und ihre Menschen beobachten zu können. In der Nähe des Bahnhofs erstand er in einem Schreibwarenladen die letzten Tuben einer giftgrünen Karnevalsschminke, dann ging er zu einem Fachgeschäft für Werkzeuge und Berufsbekleidung, nahm den roten Eimer vom Kopf und kaufte eine dunkle Schweißerbrille und Ohrenschützer aus gelbem Hartplastik. Wieder zu Hause angekommen, nahm er den Eimer vom Kopf, verteilte die grüne Farbe gleichmäßig über Gesicht, Hals und Hände, stülpte die gelben Plastikschützer über die Ohren und setzte die dunkle Schweißerbrille auf. Dann trat er vor den Spiegel, um sich zu betrachten. Leider konnte er durch die schwarzen Gläser nur vage Schemen von sich erkennen, und durch seine neuen Ohrenschützer hörte

er absolut nichts mehr, obwohl er vorher das Radio laut eingestellt hatte. Herr Kulon war zufrieden. Jetzt konnte er endlich, ohne erkannt zu werden, unter die Menschen treten und war trotzdem vor ihnen und ihrem Lärm und Dreck perfekt geschützt. Kulon nahm sein Einkaufsnetz und ging zum nächsten Supermarkt. Es wurde Zeit, daß sein Leben wieder die Normalität bekam, die er solange vermisst hatte. Durch die dunkle Brille konnte Kulon zum Glück nicht erkennen, wie die Menschen vor ihm zur Seite wichen und dann kopfschüttelnd hinter ihm her blickten.
Am Eingang des Ladens stand eine junge Frau mit einem Kind auf dem Arm. Das kleine Mädchen streckte die Hand aus und fuhr mit den Fingern vorsichtig über die dünnen Linien und Falten, die über Kulons Gesicht liefen. Es war ihm, als striche ein zarter, warmer Sommerwind über die Haut. Es war ein überraschendes, sehr angenehmes Gefühl. Dann hob auch die junge Frau ihre Hand und streichelte seine Haut. Herr Kulon schob die dunkle Schweißerbrille über die Stirn und schloss die Augen. Die Angst war spurlos verschwunden. Nichts konnte ihm mehr geschehen.

Stille Geschichten

Je öfter er berichtete
von eigenen Geschichten
und tragischen Ereignissen

desto mehr genoß er
die atemlose Stille
des Publikums

allein
in seinem leeren Kopf.

Seiten verkehrt

Ich bin wie du
und bin doch selbst
dein blinder Spiegel

durchlässig
an manchen Tagen
erkennst du mich

du traust mir nicht
wie ich dir traue
als Fremder
im vertrauten Spiegel.

Leuchttürme

Sein Licht leuchtete weit
weiter als andere Türme
leuchteten

als man ihn entfernte
aus Kostengründen
vergaß man ihn

bald hieß es
er hätte sein Licht
selbst aufgegeben

aus eigener Einsicht.

Rückpost

Als er den fremden Kopf
im Spiegel sah
erschrak er tief
verpackte und verschnürte ihn
und sandte ihn
als Eilpaket an sich zurück

unfrei und persönlich

Über den Sieg

Sisyphos rollte den Stein
auf den Berg
nie zum Gipfel

konnte der Stein gewinnen
wenn stets Sisyphos siegte
gegen sich selbst?

Erfundene Namen

Eines Tages befürchtete K.
berühmt zu sein sofort

ließ er Visitenkarten drucken
mit einem fremden Namen

doch niemand erkannte ihn.

Angekommen

Du bist angekommen
ruft
flüstert
verspricht und
verkündet man
Du bist angekommen

der Ort ist unbekannt und
niemand kam zurück.

Schlaf

Wenn ich schlafe
bin ich wach im Traum
erfahre ich das Leben

den Schmerz
die Liebe
den Tanz

im endlosen Kreis
erfahre ich das Leben

bis zum Morgen
bis zum Schlaf.

Allein

Mir allein gehört
das Wort
das Bild
das Lied in meinem Kopf

allein.

Blinde Ovationen

Hingeschaut hat er
mit blindem Auge
auf die Jubelchöre

was hätte er alles
sehen können
wenn er zugehört hätte
mit halbem Ohr.

Falsche Seite

K. wollte sein Leben
nicht mehr leben und
für immer wegwerfen

wusste aber nicht

wohin mit diesem Leben
ohne Tod

sah er sein Leben
auf der falschen Seite
unverändert

wie am Anfang.

Vertrauen

Er vertraute ausschließlich
sich selbst
bis er sich bei einem Selbstbetrug
ertappte

seit diesem Tag
verweigert er jede Antwort.

Berichte

Man hat uns berichtet
es wurde erzählt
wir haben geglaubt
ich habe gefühlt

niemals wurde es
tatsächlich gesehen
aber alle
haben es gewusst

gewollt
hat es niemand.

Erworbene Zuneigung

Die Zuneigung seines Chefs
war ihm stets wichtiger
als die Liebe seiner Frau

ihre Schönheit verging
das Geld kam pünktlich.

Gemeinsam

A sagt B der C
lügt öfter über D
der strikt behauptet

nichts zu wissen
sei aber bereit
zu schwören

wahrhaftig hätte E erzählt
dass C mit A
und B mit D

GEMEINSAM NACHGEDACHT

was alle Beteiligten empört
von sich gewiesen hätten
niemals gäbe es Beweise für

GEMEINSAMKEITEN.

Wörter

Ich gebe ihnen
mein Wort
mein Wort
mein Ehren

wort
vorwort
lehnwort
fremdwort
wörterbuch
fremdwörterbuch

mein ehrliches aufrichtiges
sehen sie meine Augen
sie dürfen mich

darauf mein Wort.

Söhne

Die Söhne der Söhne suchten
die eigene Welt fern
der Söhne der Söhne

von den Vätern
sprach niemand.

Symbiose

Der Vorgänger
unfähig der Nachfolger
überfordert der tägliche Besucher
die personifizierte Dummheit

finden Vorgänger und Nachfolger
übereinstimmend
mit dem täglichen Besucher

die Harmonie im Alltag
zusammen getrennt
lebenslänglich.

Todeswunsch

Der Wunsch in ihm
einen Menschen zu töten
wurde so übermächtig

bis er sich selbst tötete
um ein einziges Mal
den Tod ganz nah

zu erleben.

Endlichkeit

Er glaubte an die Ewigkeit
bis eines Morgens

α und Ω

deckungsgleich zusammen fielen.

Glück

Am Morgen
ein Kuchen aus nassem Sand

die Feuerwehr
in einer alten Blechdose

ein Pflaster
mit hüpfenden Pinguinen

Tränen trocknen
bei großem Schmerz

so kann die Nacht
getrost kommen.

Brandland

Brachland

ödland
distelland
blütenland
ohne weg und steg
bin ich gefallen
verfallen
dem land
dem blüten
ödbrachdistelland
bin ich verfallen
scharfzungen schneiden
tief ins fleisch
trotz allem bin ich
geblieben.

Herrn Humboldts letzte Reise

Seit 24 Stunden wird im Haus Nummer 9 ein Hund vermisst. Man sah ihn zuletzt auf dem Weg zur Neustädter Bucht, über dem Arm die neuen Schlittschuhe und auf dem Kopf seine rote Mütze. Nun werden manche sagen, ein Hund ist ein Hund, täglich gehen Hunde verloren, ist das wirklich wichtig? Aber dieser Hund war etwas Besonderes, fast Einmaliges, obwohl er sich bemühte, so wenig wie möglich aufzufallen.

Ich lernte ihn an einem frühen Märztag im nahen Park kennen. Die Luft war klar und kalt, man ahnte aber bereits den nahen Frühling, es roch nach nasser Erde und leichtem Fernweh. Ich saß auf einer Bank und las die Zeitung, als ich aus dem Augenwinkel sah, wie ein Hund an das andere Ende der Bank pinkelte. Es war ein sehr gewöhnlicher Hund mit struppigem hellbraunen Fell, kein Rassehund, sondern zusammengewürfelt aus vielen verschiedenen Vätern und Müttern. Ungewöhnlich war nur seine rote Mütze, die schräg über dem rechten Auge saß.
»Das ist ja ein dicker Hund!«, rief ich empört, » ist das denn möglich? Ich sitze hier auf meiner Bank und werde von Dir angepinkelt. Hau ab und zwar sofort!«
Der Hund erschrak so heftig, als hätte ich ihn und alle seine Vorfahren auf das Schlimmste beleidigt. Er hörte sofort auf, sein Wasser abzulassen, nahm förmlich Haltung an und sagte in klaren Worten: »Bitte entschuldigen Sie, mein Herr, ich habe Sie nicht bemerkt. Wahrscheinlich war ich wieder einmal in Gedanken vertieft, das passiert mir immer öfter. Noch einmal bitte ich Sie um Verzeihung für mein unverzeihliches Verhalten.«
Auf meine erstaunte Frage, wieso er, ein Hund, die menschliche Sprache beherrsche, sagte er: »In wie vielen Fremdsprachen können Sie sich unterhalten? Aha. Sehen Sie, warum sollte ein Hund

nicht mindestens in der menschlichen Sprache kommunizieren können, ist ihm der Mensch doch oft näher als andere Tiere.« Dabei scharrte er diskret den feuchten Fleck unter seinen Füßen zusammen und lehnte sich elegant und aufrecht auf seinen Hinterbeinen gegen die Bank. Die rote Mütze war ihm durch die Bewegung noch tiefer über das Auge gerutscht. Sein Maul war leicht geöffnet, als warte er auf eine intelligente Antwort von mir. Von diesem Tag an trafen wir uns öfter, immer auf der gleichen Bank und immer zur gleichen Stunde am frühen Nachmittag.

Jedes Mal berichtete er mir von seinen Reiseplänen, denn seit er in den Besitz eines kleinen Reiseglobus gekommen war, träumte er immer heftiger von fernen Ländern und unbekannten Abenteuern, er warte nur noch auf den passenden Begleiter, und dabei sah er mich mit diesen tiefbraunen, unschuldigen Augen an, bei dem manche Frauen regelmäßig in Verzückung geraten würden.

Was lag da näher als ihm den Namen Humboldt zu geben. Das gefiel ihm, er bestand aber darauf, daß er nun auch ganz formell mit »Herr Humboldt« angesprochen würde. »So viel Respekt vor dem großen Namen und vor mir persönlich erwarte ich von Ihnen.« Dabei schob er seine rote Mütze noch etwas schräger über das linke Auge, was ihm etwas Verwegenes gab. Dann beugten wir uns wieder über den kleinen Globus, um über seine unerreichbaren Ziele zu reden.

Humboldt vermied es strikt, über seine Vergangenheit oder Herkunft zu sprechen. Auch Nachfragen über seine aktuelle Bleibe wich er aus, und wenn wir am Abend noch ein Stück gemeinsamen Wegs gingen, brach er irgendwann das Gespräch abrupt ab, verschwand spurlos hinter einem Gebüsch und blieb für den restlichen Tag verschwunden. Es war der pure Zufall, als ich ihn eines Tages aus der Gartenkolonie »Wilde Rebe e.V.« kommen sah. Er trug eine blauweiß gestreifte Latzhose und auf dem Kopf

einen zerschlissenen Strohhut. Über die Schulter hatte er eine viel zu lange Harke gelegt. Es sah aus, als spitzte er die Lippen, um ein Lied zu pfeifen, was schon aus anatomischen Gründen unmöglich gewesen wäre. Herr Humboldt war glücklich, das sah man selbst auf die größere Distance, und er trug die Gärtnerkleidung so selbstverständlich, als hätte er nie etwas Anderes getragen.
Ich trat hinter einen Baum, um nicht entdeckt zu werden und zählte bis zwanzig. Ein kurzer Blick zur Kleingartenanlage genügte, um sicher zu sein, dass Humboldt in das satte Grün der Hecken zurückgekehrt war. Ein Hund als Gärtner, ob er mir das erklären würde?

Bei unserem nächsten Treffen fragte ich ihn, woher seine unstillbare Sehnsucht nach fernen Ländern, besonders die Landschaften Südamerikas, und der stete Drang nach gefährlichen Abenteuern käme. Immerhin sei er nur ein europäischer Hund unbekannter Herkunft, obwohl mit außergewöhnlichen Begabungen gesegnet. Ich selbst, erklärte ich ihm, hätte bisher nie den Wunsch verspürt, ein Schiff oder ein Flugzeug zu besteigen, um über gefährliche Ozeane in Landschaften zu reisen, deren Sprache oder Menschen mir völlig unbekannt seien. Mir persönlich wären auch keine anderen Menschen bekannt, die diese seltsamen Neigungen hätten.
Humboldt nahm die Mütze vom Kopf und drehte sie zwischen seinen schlanken Pfoten.
»Mein Herr, ich sehne mich seit langem nach einem Land, in dem sich die Natur und ihre Bewohner ihre Ursprünglichkeit bis heute bewahrt haben.«
»Ach«, ich konnte mir die Bemerkung nicht verkneifen, »und deshalb tragen Sie eine weiß-blau gestreifte Latzhose, haben einen zerbeulten Strohhut auf dem Kopf und bearbeiten in der Kleingartenkolonie »Wilde Rebe e.V.« die unberührte Natur mit einer Harke?«

Warum konnte ich nur nicht meinen Mund halten. Die nächste halbe Stunde saßen wir regungslos und stumm nebeneinander. »Auch im Mikrokosmos eines verwilderten Gartens kann man die Welt im Großen erahnen.« Humboldt räusperte sich, zog ein großes kariertes Taschentuch unter seiner Weste hervor und schnäuzte kräftig hinein.

»Der Garten gehört einer älteren Frau, der seit dem Tod ihres Mannes alles gleichgültig ist, auch der Zustand der Bäume oder Sträucher. Ich weiß nicht, wie gut sie mich kennt oder auch nur ahnt, wer ich wirklich bin, aber durch meine regelmäßige Pflege der Beete und des Rasens bewahre ich ihr den Besitz dieses kleinen Paradieses. Man fliegt nämlich in nullkommaacht aus dem Verein, wenn man sich nur die kleinste Unregelmäßigkeit erlaubt. Es gibt strenge Regeln. Glauben Sie mir, in diesem Gartenverein herrscht noch der preußische Absolutismus.«

Die wenigen alten Besitzer hielten Humboldt für den verwilderten, haarigen Enkel der Alten, der sich vor der Polizei in der Laube versteckte, und da sie von der Polizei auch nicht viel hielten, akzeptierten sie ihn stillschweigend, solange er auch für sie den Rasen pflegte und die Bäume schnitt.

Der verstorbene Besitzer war nicht sehr beliebt gewesen. Erst hatte er in den schlimmen Zeiten die Kollegen und Freunde denunziert, und später in den besseren Jahren viel Geld durch Schwarzhandel und kleine Erpressergeschichten verdient. Man sprach nicht gern darüber und mied den Kontakt mit Fremden. Als allmählich die Normalität zurück kehrte und jeder einer geregelten Arbeit nachging, hatte er einen dubiosen Import/Exporthandel aufgezogen, doch niemand wusste, womit er wirklich handelte. Hatte man Streit mit ihm, was nicht schwer war, drohte er immer, er hätte über Jeden eine Akte angelegt, die er jederzeit an die Behörden weiter geben könne. »Ich weiß alles«, betonte er stets und grinste mit schiefem Mund. Seine kleinen schmutzigen Geschäfte betrieb er auch weiterhin. Vor allem seine Frau und sein direkter Gartennachbar Paul Koschnitz, der mit den krüppeligen Kirschbäumen, hatten unter seiner Tyrannei zu leiden. Seine Neugier ließ ihm keine Ruhe und so trieb er sich oft unerlaubt in fremden Gärten herum. Im Geräteschuppen des Nachbarn, verborgen in einer alten Kiste, hatte er eine alte Pistole entdeckt und sofort damit herum gespielt. Als der Nachbar kam, hatte er gelacht und gesagt, »Die ist ja noch scharf geladen, willste jetzt damit einen erschießen?«, und als Paul ihn aus seiner Laube hinauswarf, grinste er nur, und meinte, »wenn Du sie nicht mehr brauchst, sag mir Bescheid, ich nehme sie sofort für meine Alte.« Man hörte sein lautes Lachen, bis zum Ausgang der Gartenkolonie und an der Eckkneipe »Bei Willi« hörte man ihn noch schreien, »für meine Alte, das ist wirklich gut«.

Durch einen dummen Zufall entdeckte er eines Abends seine Frau und den Nachbarn Paul Koschnitz in inniger Umarmung unter den krüppeligen Kirschbäumen. Sie waren sich so sicher gewesen, dass er seinen Rausch ausschlief, nachdem er den Frühschoppen »Bei Willi« bis in den Nachmittag ausgedehnt hatte. Er brüllte mit rotem Kopf durch die gesamte Kolonie, jetzt wäre das Fass voll und drohte damit, sie umzubringen, sofort und auf der Stelle. Die Beiden rannten durch die frisch gesäten Gurkenbeete in die Laube, aber er erwischte noch den Nebenbuhler am Jackenärmel, warf ihn auf die weiche Erde und drückte ihm mit aller Kraft den Hals zu. Als der Nachbar in Todesangst gurgelte und ein blaues Gesicht bekam, ließ er ihn los und forderte stattdessen, ab heute müsste er ihm jeden Monat eine größere Geldsumme zahlen, sonst bekäme die Staatsanwaltschaft eine Anzeige gegen ihn wegen illegalem Waffenbesitz und Steuerhinterziehung. »Dann gehst Du für Jahre in den Knast, wo Du auch hingehörst, Du Sau.«
Zwei Wochen später war der Alte verschwunden und im Garten stand auf einem lockeren Erdhügel ein frischer, junger Apfelbaum. Die Frau ließ sich nicht mehr in der Kolonie blicken,

und stattdessen tauchte dieser merkwürdige Hund auf, der geschliffene Sätze von sich gab und mit Baumschere und Harke geschickt umzugehen verstand. Das alles erfuhr ich im Laufe des Nachmittages von Humboldt. Um sich nicht selbst zu gefährden, wolle und könne er mir nicht mehr erzählen. Dafür versprach ich ihm absolutes Stillschweigen und einen Besuch in meiner Wohnung. Angeblich hatte er bisher immer nur in Lauben gelebt, und noch nie eine menschliche Wohnung betreten. Außerdem wollte er mein Klavier sehen, von dem ich ihm leichtsinnigerweise erzählt hatte. Herr Humboldt wurde immer rätselhafter.

Ich fühlte mich durch sein selbstbewusstes Auftreten überrumpelt. Auf der einen Seite wollte ich gern diesem merkwürdigen Wesen zeigen, wie ich lebte und was für ein schönes Heim ich besaß, andererseits befürchtete ich, Herr Humboldt würde es sich auf meinem Klavierstuhl bequem machen und mit seinen schmutzigen Pfoten auf die empfindlichen Elfenbeintasten trommeln. Wie sollte ich mich verhalten, wenn es Humboldt bei mir gefiel und er beschloss, in meiner Wohnung zu bleiben. Was sollte ich meinen Freunden erzählen, wenn sie von meiner neuen Bekanntschaft erfuhren. Sie würden mich doch mindestens etwas absonderlich finden, führte ich doch bisher als Journalist für Politik und Wirtschaft ein geregeltes überschaubares Leben. Je mehr ich zögerte, ihn einzuladen, desto mehr drängelte Humboldt, ihn endlich mitzunehmen. Nach einer Woche gab ich nach.

Es war viel einfacher, als ich befürchtet hatte. Wir trafen uns wie immer bei der Bank. Humboldt trug einen leichten dunklen Umhang mit hohem Kragen und dazu eine Kopfbedeckung mit bunter Feder, die an ein Jägerkostüm erinnerte. Er sah aus wie der gestiefelte Kater, aber ich hütete mich, auch nur ein Wort zu verlieren, sondern lobte ihn für seine elegante Kleidung und seinen guten Geschmack. Humboldt wirkte sehr zufrieden mit sich.

Es war ein kurzer, feierlicher Moment, als sich die dunkle Tür mit einem sanften Seufzer öffnete. Als wir eintraten, war für uns beide alles neu und fremd, Humboldt, weil er noch nie in einer solchen Wohnung war, mir, weil ich alles mit seinen Augen sah, den hohen Spiegel mit seinem schnörkeligen Goldrahmen gegenüber der Eingangstür, in dem man sich über das eigene unerwartete Bild erschrak, der schwere Schrank für die Garderobe, die vielen halboffenen Türen, die einen hineinzogen ins Innere der Wohnung, in das helle Licht der deckenhohen Fenster. Die Räume waren fast leer, denn ich lebte nur mit dem Notwendigsten, im ersten Zimmer die Chaiselongue, der Stutzflügel, in der Mitte der tiefe Sessel und daneben der riesige Standglobus, in Paris ersteigert, mit detailgetreu eingearbeiteten Gebirgen, Flüssen und Meeren, im Esszimmer ein großer Tisch mit altmodischen, bereits etwas maroden Stühlen und einer Anrichte, in den anderen Räumen das Bett, der Arbeitstisch, ein übervoller Papierkorb, das Bad mit kostbaren Fliesen im beginnenden Verfall, ein silberner Kerzenleuchter und an der Decke eine Kristallkugel aus Murano. Alles wirkte auf den ersten Blick prächtig, fast mondän, aber unter den Arbeitstisch hatte ich zwei Bierdeckel geschoben, damit er nicht wackelte und die Dusche gab nur in guten Tagen einen kraftvollen Strahl ab.

Humboldt bewegte sich wenig, ging zögerlich Schritt für Schritt, blickte nach oben, beugte sich am Fenster nach draußen und setzte sich vorsichtig in den zentralen Sessel, nein, er setzte sich nicht, er stellte sich ein wenig auf die vordere Kante und blickte mit starren Augen von einem Ende zum Anderen. Er hatte scheinbar alle menschlichen Wörter aus seinem Kopf verloren. Um die Spannung, die sich wie ein straff gespannter Bogen von ihm zu mir durch das Zimmer zog, zu lösen, setzte ich mich an den Flügel und spielte ganz adagio Robert Schumanns »*Liebes-*

frühling« nach Texten von Friedrich Rückert. Dabei wandte ich nicht den Blick von Humboldt.

Er starrte unentwegt auf den Riesenglobus, nichts anderes schien ihn zu interessieren. Er hob zart die Pfote, als wollte er den Weltball anstoßen, ein dünner Speichelfaden zog sich von seinem Unterkiefer zum Bauch und seine Augen blickten trüb und wässerig. Humboldt saß in Trance auf dem besten Sessel in meiner Wohnung, und alles, worauf er so gespannt gewesen war, das menschliche Umfeld, ein Klavier, aus dem man Musik zaubern konnte, die Küche, das Bad mit unendlich viel Wasser aus den Hähnen, das alles schien ihn nicht mehr zu interessieren. Seine Aufmerksamkeit galt allein der plastischen Darstellung unserer Erde mit ihren Landschaften und blauen Meeren.

Ich ging in die Küche, um uns beiden eine kleine Erfrischung zu holen, als ich die Wohnungstür zuklappen hörte. Humboldt war gegangen, ohne ein Wort zu sagen. Zurück blieben der Sessel, der Globus und ein dünner Speicheltropfen auf dem Polster.

Am nächsten Vormittag klingelte es heftig an meiner Tür. Humboldt konnte es kaum erwarten einzutreten.

»Sie müssen bitte mein übereiltes Verschwinden am gestrigen Abend entschuldigen. Ich hatte dringend etwas zu erledigen. Aber jetzt habe ich Zeit für Sie und für uns, so viel Sie wollen.« Seine Augen leuchteten, er schien mehr als vergnügt, fast exaltiert zu sein, als hätte er bereits in den frühen Morgenstunden einige Gläser Champagner getrunken. Seine Begeisterung über meine Wohnung, den Globus, mein exzellentes Spiel, den Komponisten, mich und überhaupt das Leben strömten in einem ununterbrochenen Fluss aus seinem Maul.

»Lassen Sie uns über die Welt sprechen. Wo waren Sie bereits, erzählen Sie, erzählen Sie, wo möchten Sie noch hin reisen, könnten Sie sich vorstellen, dass wir beide eine kleine, ach, was sage ich, eine größere, eine große Reise unternehmen könnten. Wären wir nicht die idealen Reisegesellen?«

Er lief ins Wohnzimmer und griff, was er gestern so gewünscht, aber nicht gewagt hatte, nach dem Globus, drehte hin und her, hin und her, strich fast mit seiner Schnauze über alle Gebirge, die Meere und Ströme und schnaufte in seinem Entzücken hechelnd über die ganze Welt.

Mitgerissen von seinem Enthusiasmus, lächelte ich und fragte ihn, wie er sich das denn vorstellte, wir beide, die wir uns doch fast nicht kannten, er, ein Hund, wenn auch ein sehr ungewöhnlicher, und ich, ein schon etwas älterer Journalist, der nicht einfach so aus dem bisherigen Leben und der täglichen Arbeit verschwinden könnte.

»Ach was,« sagte er, »wir können alles, wer sollte uns aufhalten?«

Wo er überhaupt hin wolle, fragte ich ihn. Zwei große Ziele gab es in seinem Leben, das rätselhafte Patagonien und das große, kultivierte China, ein Land, in dem gebildete Hunde noch etwas galten.

Er hatte in meinem Regal mehrere Bildbände über Südamerika und eine alte Ausgabe mit historischen Aufnahmen aus dem letzten chinesischen Kaiserreich entdeckt.

»Sehen Sie nur her, gibt es in Ihren kultivierten Dokumentationen auch nur ein einziges Foto eines armen, gequälten Hundes? Nein, weil es in diesen Ländern noch Achtung vor dem Wolf gibt.«

Wie er jetzt auf den Wolf kam, wollte ich wissen, doch er winkte ab, das würde im Augenblick zu weit führen, aber er sei gern bereit, an einem der kommenden Abende in einer offenen Diskussion mit mir intensiv über dieses Thema zu debattieren. Humboldt begann, meine politische Terminologie zu übernehmen.

»Aber möchten Sie vielleicht noch ein wenig Musik spielen? Der Abend ist so schön, vielleicht können Sie auch noch etwas Anderes als diesen Schumann oder Schubert, ich vergesse so leicht die Namen.«

Da er so von Lateinamerika geschwärmt hatte, spielte ich ihm argentinischen Tango vor. Humboldt lehnte sich in den Sessel zurück, seine Hinterläufe zuckten, er jaulte leise, und als ich *La Paloma* spielte, sang er laut und falsch mit. Es war ein gelungener Abend.

Am nächsten Morgen begegnete mir Sibylle im Treppenhaus. »Endlich war mal wieder was los bei Dir. Ich dachte schon, Du versinkst völlig in Deiner traurigen Politik. Hattest Du Damenbesuch? Was frage ich, natürlich hattest Du Besuch von einer Frau. Warum solltest Du sonst argentinischen Tango spielen. Ich wollte schon herunter kommen, so fröhlich klang das, aber dann dachte ich, na Du weißt schon.«
Jetzt wollte sie alles wissen, wie heißt sie, woher kennst du sie, kennst du sie schon länger, möchtest du sie mir nicht mal vorstellen und so weiter. Ich entkam ihrer Neugierde nur mühsam, indem ich einen dringenden Termin im Ministerium vorschob.
»Aber heute Abend erzählst Du mir alles! Ich will alles wissen! Versprochen?«

In unserem alten Haus gab es vier große Wohnungen mit hohen Stuckdecken und unter dem Dach zwei kleinere, die aus den zusammengelegten Zimmern der ehemaligen Dienstbotenkammern bestanden. Dort wohnt Sibylle, mit der mich eine lose Nachbarschaftshilfe verbindet. Außerdem teilen wir uns freundschaftlich die Putzfrau, die früher Lehrerin für Deutsch und Geschichte in Wladiwostok war. Leider glaubt sie ernsthaft, wir hätten sie zur Weiterbildung unserer historischen Studien engagiert, denn sie stellt uns ständig Hausaufgaben und testet unser aktuelles Wissen, zum Beispiel über den japanischen Krieg im alten Russland. Darunter leiden die Sauberkeit in unseren Wohnungen und unsere Sympathie für das russische Volk.

Sibylle hat Linguistik und Archivistik studiert, arbeitet seit vielen Jahren in der Landesbibliothek und ist verantwortlich für die Kinder- und Jugendliteratur. Sie ist ungefähr 20 Jahre älter als ich, ledig und sehr neugierig, aber auch außergewöhnlich hilfsbereit, das heißt, ihre Hilfsbereitschaft mündet meist in eine permanente, charmante Einmischung in mein Leben. Sibylle hat zu allem eine Meinung und ist immer bereit, sie temperamentvoll zu verteidigen, selbst wenn man sie vom Gegenteil überzeugt hätte.

Heute hatte Sibylle Spätdienst, und ich war froh, daß sie beim Besuch von Humboldt nicht dabei sein würde. Ich hätte nicht gewusst, wie ich ihr meinen neuen Freund erklären sollte, war ich doch selbst etwas ratlos.

***

Ich bin in großer Sorge, seit vier Tagen ist Humboldt nicht mehr bei mir gewesen. Es hatte weder Streit, noch die geringste Verstimmung zwischen uns gegeben. Er war bei seinem letzten Besuch fröhlich, fast ausgelassen gewesen und schmiedete wilde Reisepläne. Vielleicht sind meine Befürchtungen völlig grundlos, aber dieses charmante, rätselhafte Wesen hat in mir, in meinem Leben einen Platz eingenommen, wie ich es am Anfang unserer Freundschaft nie für möglich gehalten hätte.
Ich vermisse Humboldt!
Ich vermisse seine Geschwätzigkeit, seine ständige angelesene Besserwisserei, die Albernheit, wenn er mitten in einem ernsthaften Gespräch in die Luft springt und mit einer rückwärts gedrehten Schraube wieder auf seinen Pfoten landet, einfach so, nur, weil er glaubt, das gehört auch dazu. Ich vermisse seinen Elan, seine Eitelkeit und seine Weisheit, die nichts mit der menschlichen Psyche verbindet. Er ist ein Hund und er ist ein Mensch, vor allem ist er ein wirklicher Freund.
Wo ist Humboldt?

Gestern Abend kam ich erst zu später Stunde nach Haus. Vor meiner Tür saß ein niedergeschlagener, verdreckter Hund, der mit meinem Humboldt wenig Ähnlichkeit hatte. Als er mich erblickte, heulte er kurz auf und drängte seine Schnauze zwischen meine Knie. Seine Jacke hatte einen langen Riss am Rücken, am rechten Ohr entdeckte ich altes, verkrustetes Blut, er stank nach nassem Fell und Kloake, und unter dem Arm trug er eine altmodische Geldkassette, wie man sie früher in Gaststätten benutzte.

»Ich habe jeden Tag in der Nähe unserer Bank auf Sie gewartet, aber Sie hatten wohl keine Zeit für mich. Jetzt wollte ich Sie abholen, wenn es Ihnen recht ist. Ich dachte bei einem vertrauten Gespräch unter Freunden lassen sich die fehlenden Gedanken leichter finden und die Probleme vortrefflicher lösen, als wenn man allein im Gebüsch sitzt und nur die Passanten zählt, die vorbei kommen. Denken Sie nur an Goethe und seinen getreuen Eckhart.«

Für ihn war es sehr eindeutig, wer von uns beiden Goethe und wer Eckhart ist.

Natürlich öffnete ich die Tür und zog ihn in die Wohnung. Als Erstes ließ ich ihm ein Bad ein, auch wenn er protestierte, und wärmte ihm ein Stück Fleisch vom Sonntag. Dann setzte ich ihn in seinen Lieblingssessel und wartete auf seine Geschichte. Sie sollte mich bald vor ein Problem setzen, dass mit jedem Tag größer werden würde.

»Sie erinnern sich doch an die alte Dame, deren Garten ich freundlicherweise benutzen durfte? Leider ist diese Witwe vor ein paar Tagen plötzlich gestorben, als sie mich im Garten besuchte. Nun glauben alle Nachbarn aus der Kolonie, ich hätte etwas mit ihrem Tod zu tun. Stellen Sie sich das vor, ich, der nicht einmal einer Katze etwas zu Leide tun könnte.«

Es war tatsächlich sehr unwahrscheinlich, dass dieser Hund seine Wohltäterin umgebracht haben sollte. Mit ihrem Tod hätte er sich nur selbst geschadet.

»So ist es, mein Herr. Diese böswilligen Nachbarn sehen das aber leider ganz anders. Sie behaupten, ich hätte sie getötet, um an ihr Geld zu kommen. Dabei hatten wir schon vor Wochen besprochen, dass ich noch zu ihren Lebzeiten ihre Ersparnisse an mich nehmen sollte, um den Bestand ihres Gartens und aller Pflanzen zu erhalten. Ihre Kinder hatten doch kein Interesse, die wollten nie auch nur einen Finger krumm machen, geschweige denn sich stundenlang zu bücken, zu jäten, zu pflanzen und zu düngen. Da kenne ich mich aus, mein Herr, das hat mir immer große Freude bereitet. Ich habe es doch nicht um des schnöden Geldes willen getan.«

Über das kleine haarige Gesicht von Humboldt liefen lange Tränen. Er litt offensichtlich unter diesen Verdächtigungen.

»Außerdem haben sie behauptet, ich hätte auch schon den Alten umgebracht. Dabei habe ich doch nur helfen wollen. Helfen, verstehen Sie, helfen ist meine größte Leidenschaft. Und reisen, aber das wissen Sie ja.« Jetzt war er nicht mehr zu halten. Er heulte durchdringend, als schrie er um Hilfe. Ich fütterte ihn mit kleinen Fleischbrocken und streichelte und kraulte ihn hinter den Ohren, bis er sich allmählich wieder beruhigte und in der Lage war, meine Fragen zu beantworten. So erfuhr ich peu a peu die ganze Geschichte. Die alte Frau hatte ihm eine Kassette mit ihren ganzen Ersparnissen in den Garten gebracht. Dann hatte sie sich in den einzigen Liegestuhl gelegt, und war dort friedlich und für immer eingeschlafen. Angeblich hatten die Nachbarn alles genau beobachtet und verlangten jetzt von Humboldt, ihnen das gesamte Geld zu übergeben, wenn er nicht im Gefängnis, oder schlimmer noch, im Tierheim landen würde, dort, wo die Zellen eng, das Wasser schmutzig und die weiteren Aussichten hoffnungslos sein würden. Humboldt war Hals über Kopf geflüchtet und hatte die letzten Tage am alten Kanalhafen verbracht, wo es nur Ratten, Schlangen und Öllachen gab.

»Ich wollte immer nur das Gute,« heulte er wieder auf, »wo soll

ich denn nun bleiben? Ich kann Ihnen doch nicht zur Last fallen, oder? Vielleicht ein, zwei Tage, bis ich etwas Neues gefunden habe? Sie werden mich überhaupt nicht bemerken.«
Was blieb mir übrig, als ihn zu trösten, ihn aufzunehmen und mit einem mulmigen Gefühl in die Zukunft zu sehen. Ich möchte AUF KEINEN FALL, dass Humboldt für immer in meine Wohnung zieht. NIEMALS! Nach dem Inhalt der Geldkassette habe ich ihn nicht gefragt. Ich werde es morgen ganz dezent versuchen, vielleicht kann er mir ja einen Beitrag zum Haushalt geben, wenn er schon hier ist.

Im Gegensatz zu mir war Humboldt ein Frühaufsteher. Wenn ich noch im Schlafanzug durch die Wohnung trödelte, hatte er bereits die Zeitung aus dem Briefkasten geholt und für mich einen Teller auf den Tisch gestellt. Er selbst aß immer noch wie ein Hund aus dem Napf, aber er konnte sich mit seinem Trockenfutter selbst versorgen.

Es war kein Morgen wie immer, ich hatte verschlafen und Humboldt hatte schlechte Laune, weil die Tüte mit seinem Lieblingsfutter leer war, als wir von der halb offenen Wohnungstür meine Nachbarin Sibylle hörten:
»Hallo, hallo-oh, ist jemand zu Hause? Deine Tür stand auf, und ich dachte, besser ich komme als ...«
Sibylle stand in der Diele mit ihrer großen Kaffeeteddybärentasse, vor ihr stand Humboldt in seinem neuen Schlafanzug mit den bunten Bällen, in seinen Pfoten die leere, zerknüllte Hundefuttertüte, und beide wirkten völlig paralysiert.
Genau das hätte nie passieren dürfen. Ich hätte Sibylle gern von meinem Besuch erzählt, sie darauf vorbereitet und irgendwann eingeladen. Auch für Humboldt war es nicht ungefährlich, ohne ein erklärendes Wort in eine solche Situation zu schlittern. Er war mehr als sensibel und, trotz seiner großen Klappe, doch sehr ängstlich.
»Liebe Sibylle, darf ich vorstellen, dass ist Humboldt, mein

Neffe, der Sohn meiner Schwester, Du weißt doch, die mit dem berühmten Tiroler Bergsteiger, na, erinnerst Du Dich, ich habe Dir doch alles erzählt.«
Sibylle lachte einen kurzen schrillen Schrei und Humboldt schnaufte ächzend durch seine feuchtglänzende Nase.
»Jaja, Bergsteiger, Deine Schwester, aber ein Hund? Oder ist das gar kein Hund? Und wieso Humboldt?«
Ich fragte sie, ob sie schon gefrühstückt habe, wir wären gerade, und ich müsste jetzt gleich weg, und ob wir nicht etwas später, vielleicht heute oder morgen Abend, und redete in ihr rotes Gesicht hinein. Gleichzeitig hatte ich das Gefühl, alles schon einmal erlebt zu haben. Ich befand mich in einer Glaskugel, getrennt von der Welt, ich begriff, dass mich niemand verstand und hörte gleichzeitig nichts, sah nur ihre Mundbewegungen, wie bei einem Fisch im Aquarium.
»Schön, Sibylle, dass Ihr Euch endlich mal kennen gelernt habt, bis später, ich muss jetzt wirklich«, und damit schob ich sie zur Tür hinaus.
»Das war Sibylle, meine Nachbarin von oben. Sehr nett, wirklich sehr nett. Ihr werdet Euch bald näher kennen lernen. Und Humboldt, wenn Du fertig bist, bitte, denk an den Müll, ja?«
Ich nahm Humboldt seine Futtertüte aus der Hand und warf sie in den Eimer. Was hätte ich auch anderes tun können.

Am Abend stand, wie erwartet, Sibylle vor der Tür, eine Flasche Wein und eine Dose Trockenfutter in der Hand. Sie dachte wirklich an alles.
»Liebe Sibylle, komm herein, darf ich Euch noch einmal bekannt machen, das ist Humboldt, er ist natürlich kein richtiger Hund, er sieht nur so aus. Du erinnerst Dich an meine Schwester? Du wirst schnell sehen, dass er intelligenter und belesener ist, als wir beide zusammen. Und schöner ist er natürlich auch noch.« Ich lachte so laut, als hätte ich meinen Verstand verloren.

Sie klopfte mir sanft auf den Arm, wie einem Kind, dass den Großen erzählt, was es neu gelernt hat und marschierte sofort zu Humboldt, der sein berühmtes Zahngrinsen aufgesetzt hatte.
»Sie glauben gar nicht, meine Liebe, wie ich mich freue, dass wir heute Abend endlich die Gelegenheit haben, uns näher kennen zu lernen. Bitte entschuldigen Sie die Panne von heute Morgen, aber wir waren auf einen so reizenden Besuch wirklich nicht vorbereitet. Darf ich Ihnen etwas anbieten?«
Sibylle war hin und weg.
Humboldt glänzte an diesem Abend, die beiden parlierten, scherzten, flirteten, warfen sich ihr Halbwissen um die Ohren, und ich saß daneben, als wäre ich der falsche Gast. Ich durfte für sie Getränke nachschenken, die Knabberschalen auffüllen und nur mit Mühe gelang es mir, mich ab und zu an ihrem Gespräch zu beteiligen. Als Sibylle von den Reiseplänen Humboldts erfuhr geriet sie schier in Entzücken.
»Nein, wie aufregend, dass es heute noch Menschen gibt, also tapfere Wesen, die den Mut finden, ganz allein in unbekannte gefährliche Länder zu reisen!«
Humboldt erwähnte mit keinem Wort, dass er vor nicht allzu langer Zeit mich zu seinem getreuen Eckhardt und Reisegesellen ernannt hatte. Sofort begann sie, seine Expedition zu organisieren. Als Erstes stand die Garderobe zur Disposition. Humboldt hatte neben seinem Jägeranzug und der weißblauen Gärtnerlatzhose nur eine geringe Auswahl an Kleidung.
»Morgen gehen wir sofort das Allernötigste kaufen. Du kommst doch mit?«, fragte sie mich, vielleicht glaubte sie, ich wäre bereit, die notwendigen Kosten zu übernehmen.
»Zum Glück hat unser lieber Freund ein wenig Geld geerbt, das wird ein Spaß in den exklusiven Läden werden.«
Leider verstand niemand meinen Scherz, auch nicht den Hinweis, dass wir doch beide unsere täglichen Pflichten hätten und somit nur wenig Zeit bleiben würde.
»Du bist und bleibst ein alter Miesepeter«, stellte Sibylle sachlich

fest und sah mich plötzlich sehr frostig mit diesen grünen Augen an, als wäre ich ein zu groß geratenes Ungeziefer. Ich kannte diesen Blick aus der Zeit, als ich noch glaubte, aus uns könnte vielleicht mehr werden als eine zufällige, nachbarschaftliche Sexualgemeinschaft. Zum Glück hatte ich diese Phase, wenn auch schmerzhaft, überwunden.

Als Sibylle weit nach Mitternacht ging, hörte ich noch, wie sie leise sagte, »Mein lieber Humboldt, jetzt kommen Sie aber bald zu mir, versprochen?«

Am nächsten Tag hatte ich mir den Nachmittag freigenommen, obwohl ich nur mit großem Widerwillen zu diesem Kostümball gehen würde. Ich kannte Sibylle, sie ließ ihren Begleitern kaum eine Chance, eine eigene Auswahl zu treffen.

Die Wohnung war leer, auf dem Tisch lag ein großer Zettel: »Wir sind schon mal los, wenn Du Lust hast, kann Du ja nachkommen. S&H«

Natürlich hatte ich keine Lust, und war froh, den restlichen Tag für mich zu haben. Durch die ständige Anwesenheit von Humboldt waren dringende Angelegenheiten liegen geblieben, seien es die Zusammentragung meiner Steuerunterlagen oder die Ablage meiner Kontoauszüge. Die wichtigen Dinge bewahrte ich sehr altmodisch in einer wunderschönen, alten Keksdose meiner Mutter im Kleiderschrank auf. Dazu gehörte auch ein kleines Geldbündel mit der Originalbanderole, so, wie ich es von der Bank erhalten hatte. Als ich die Kiste herausnahm, fiel mir sofort eine winzige, aber sichtbare Unordnung meiner Wäsche auf. Seit meiner Militärzeit bin ich sehr penibel in solchen Dingen, meine Wäsche liegt bündig und meine Akten sind chronologisch abgeheftet. Die Keksdose ließ sich immer nur schwer öffnen und schließen, aber jetzt stand der Deckel ein bisschen offen. Im Inneren war nichts verändert, und auf den ersten Blick fehlte auch nichts, aber die Geldbanderole war abgestreift und lag neben der Kiste. Ich zählte den

Betrag nach, aber es fehlte nichts. Mit einem sehr schlechten Gefühl verschloss ich die Dose, versperrte alles wieder hinten im Schrank und goss mir eine Tasse Tee ein. Ich war beunruhigt. Wer außer mir hätte diese Spuren hinterlassen können? Vielleicht war ich das letzte Mal in Eile gewesen und hatte das Sortieren auf einen späteren Zeitpunkt verschoben. Vielleicht wurde ich mit fortgeschrittenem Alter nachlässig oder vergesslich. Es gab neurologische Ausfälle, die bei manchen Menschen schon früh begannen. Ich beschloss, niemanden zu verdächtigen und mich stattdessen zu freuen, dass ich gute, verlässliche Freunde besaß, und noch in der Lage war, meinen Beruf auszuüben.

Humboldt und Sibylle schoben sich in den späten Abendstunden mit Paketen und Tüten beladen durch die Tür, begierig, alles über das Abenteuer zu erzählen, wie bekleide ich einen Hund, ohne dass den Verkäufern aufgefallen wäre, wie seltsam dieser angebliche kleine Mensch wirklich war. Sibylle konnte gar nicht genug bekommen von ihren Schilderungen, wie man versucht hatte, Humboldt in eine passende Kleidung zu zwängen.
»Sind Sie wirklich sicher, bei uns das Richtige zu finden?«, dazu zog sie ein außerordentlich sorgenvolles Gesicht, wie der Verkäufer im Ersten Bekleidungshaus unserer Stadt.
In meinem Kühlschrank lag seit Jahren eine Flasche teurer Champagner, den Sibylle und ich einmal zusammen gekauft, aber nie getrunken hatten. Triumphierend hob sie die Flasche wie eine kostbare Beute in die Höhe, mit einem Knall schoss der Korken an die Decke und der Champagner lief über ihre Hand. Sie kreischte: »Wenn das kein Grund zum Feiern ist. Prost auf die tollsten Männer der Stadt.«
Dann packte sie alles aus, was sie im Laufe des Tages erbeutet hatten. Es war sehr beeindruckend, neben einem kleinen Anzug und mehreren Hosen und Sakkos in ausgezeichneter Qualität stapelten sich Hemden und Unterwäsche auf meinem Sessel.

Zum Schluss zog sie aus einer großen Tüte einen neongrünen Schlips mit roten Karnickeln.

»Und das«, kreischte sie, »hat unser ehrenwerter Herr Humboldt unter den Augen des Chefverkäufers knallhart geklaut. Möchtest Du es nicht noch einmal anziehen, damit wir alle sehen, wie gut es Dir doch steht, mein Hase?«

Humboldt hatte sich hinter den Standglobus verzogen und verhielt sich so unauffällig, als wäre er nur rein zufällig bei uns, und hätte mit Allem nicht das Geringste zu tun.

»Lieber Freund«, fragte ich ihn, »haben denn Ihre kleinen Ersparnisse ausgereicht, um all diese wundervolle Hosen und Jacken bezahlen zu können?«

»Ja, stell Dir nur vor, dieser kleine Hund, ach, Entschuldigung, Herr Humboldt hatte so viel Geld dabei, dass er mir am Ende diese bezaubernde Bluse schenkte, und wir noch im Restaurant »Die Ente vom Bach« eine winzige Kleinigkeit zu uns nehmen konnten. Schatz, Du bist wirklich zu großzügig.« Dabei kniff sie ihn zärtlich in seine halb offene Schnauze. Humboldt lächelte säuerlich, und ich erinnerte mich an eine ähnliche Situation vor langer Zeit, als ich noch die vage Hoffnung hatte, mit ihr die richtige Entscheidung getroffen zu haben.

»Ein Glas könnten wir doch noch auf diesen wundervollen Tag trinken.« Sie hatte nie viel Alkohol vertragen. Humboldt lag bereits zusammen gerollt im Sessel.

Obwohl Humboldt schon schlief und ich nur mühsam die Augen aufhielt, konnte sich Sibylle nur schweren Herzens von uns trennen.

»Wo hast Du bloß diesen kleinen, süßen Schatz gefunden?«, fragte sie mich an der Wohnungstür, und dabei kraulte sie mich hinter dem Ohr, als wäre ich der Hund, und schaute mich träumerisch an.

»Ich freue mich schon auf Morgen mit Euch beiden wunderbaren Männern«, hauchte sie, und ging, sich dabei vorsichtig an der Wand festhaltend, nach oben.

In dieser Nacht schlief ich schlecht, zu viel war passiert. Erst dieser grässliche Verdacht, Humboldt hätte meine Schränke durchwühlt, dann das völlig überdrehte, schrille Verhalten meiner alten Freundin Sibylle. Sah sie denn nicht selbst, dass Humboldt niemals als Mann für sie in Frage kommen konnte, sondern immer nur ein ziemlich hässlicher Mischlingshund blieb, wenn auch mit außergewöhnlichen Begabungen.
In den Morgenstunden träumte ich, wir wären alle auf der Hochzeit von Humboldt und Sibylle. Die Feier fand auf der Klippe einer Insel statt, das Wetter war schlecht und wegen des Sturmes kamen weder der Standesbeamte noch der Pfarrer. Alle Hochzeitsgäste tanzten im Kreis um mich herum und sangen, jetzt bist Du dran, jetzt bist Du dran, und ich als ihr bester Freund müsste jetzt die Trauung vollziehen. Ich fragte die Beiden, ob sie überhaupt Ringe dabei hätten, und Humboldt zog eine blauschimmernde Handfessel aus seiner dunkel gestreiften Hose. Da brachen alle in ein schreckliches Lachen aus, jeder schwenkte eine dieser Fesseln vor meiner Nase, sie kamen näher und immer näher, sie bedrängten mich, ich sah ihre riesigen Augen verlor das Gleichgewicht und kippte mit einem lauten Schrei über die Klippe.
Eine weiche Pfote legte sich auf meinen Kopf und Humboldt fragte besorgt, ob ich krank geworden wäre. Dann legte er sich zu mir und leckte mit seiner rosigen Zunge über meine Augen. Die Angst floss aus meiner Haut und ich kam endlich zur Ruhe. Ich war sehr froh, einen solchen Freund zu haben.

Wir trafen uns gemeinsam an einem Samstagabend, weil Humboldt uns zu einem kleinen Vortrag über seine Lieblingsländer eingeladen hatte. Sibylles Wohnung war zu klein, ein Lokal unpassend, deshalb saßen wir in meinem Wohnzimmer und sahen Humboldt zu, wie er eine riesige Landkarte anschleppte, die früher wahrscheinlich in einer Schule hing. Er trug sein neues kariertes Sakko mit einer dunkelbraunen Hose, und wäre da nicht der Hundekopf über dem weißen Hemdkragen gewesen, es wäre uns nicht aufgefallen, wie sonderbar unser Freund auf Andere wirken musste. Uns war er bereits so vertraut, dass wir nichts Ungewöhnliches mehr an ihm bemerkten.

Humboldt und Sibylle waren schon vor mir gekommen, um den Abend vorzubereiten, er repetierte leise vor sich hinmurmelnd sein Referat, und sie war für das leibliche Wohl zuständig. Ehe Humboldt ganz offiziell beginnen konnte, hatte Sibylle uns bereits zu einem Glas Bier überredet.

»Wir sind ja hier nicht bei der Volkshochschule, sondern unter Freunden. Prost.«

Nach dem Bier kam ein Schnittchen, dann wieder ein Bierchen und ein Schnittchen und sofort. Alle Proteste Humboldts wurden von ihr beiseitegeschoben.

»Natürlich wollen wir alles über Deine Pläne erfahren, aber doch nicht so trocken.«

An diesem Abend hatte Humboldt zum ersten Mal mehr als einen kleinen Schluck Alkohol getrunken. Sibylle hat so lange gedrängelt und geschmeichelt und gelacht, bis er aus seinem Napf einen Liter Bier schlabberte. Dabei wurde er immer aufgeregter, und drängte darauf, uns sofort zu erklären, warum er so dringend zuerst nach China und nach Patagonien reisen müsste.

»In China, meine Freunde, gab es bereits vor dreitausend Jahren eine Hochkultur, als man hier noch in brüchigen Bergwerksstollen die Hunde vor die sogenannten Huntekarren spannte, daher übrigens der merkwürdige Name. Zweitens sind die Chinesen auf der ganzen Welt für ihre natürliche Freundlichkeit bekannt, das sieht man auch an ihrem beständigen Lächeln. Selbst wenn eine Katastrophe wie Hochwasser oder Erdbeben über sie hereinbricht, lächeln sie. Aber vor allem lächeln die Chinesen, wenn sie einen Hund sehen. Im alten Kaiserreich wurden die Hunde sehr verehrt, in allen Städten gab es kostbare Statuen von Hundegöttinnen, den sogenannten Chow Chows, denen man Katzenzungen zu Füßen legte. In alten Abhandlungen kann man nachlesen, dass es sogar hohe Mandarine mit Hundeköpfen gegeben haben sollte, was ich aber eher weniger glaube. Ein altes chinesisches Sprichwort sagt, ›Suchst du dein Glück, geh in die Hundestadt‹. Ich muss unbedingt einmal in meinem Leben eine solche Hundestadt kennen lernen. Seit meiner Kindheit bemühte ich mich deshalb, leider vergeblich, die chinesische Sprache zu erlernen, aber sie erinnerte mich immer wieder an das Gegreine unserer alten Hauskatze, wenn sie unter Zahnweh litt. Man sagt ja, dass psychische Schäden aus der Kindheit einen noch im Alter belästigen können.«

Meinen Einwand, dass China vor allem bekannt sei, seine Hunde zu mästen, um sie dann als Festtagsbraten auf den Tisch zu stellen, wischte er mit einer Bewegung seiner Pfote weg.

»Es wird in diesem Land viel zu viel Unsinn über Hunde geredet.«

Ich versuchte ihn noch ein wenig zu ärgern, und begann, über die wunderbare, vielfältige chinesische Küche zu sprechen, aber Humboldt sprang auf, drehte den Globus, rief, »Hier, schauen Sie hierher!«, und wies auf den südamerikanischen Kontinent hin.

»Hier ist der Traum eines jeden intelligenten Hundes. So, wie die Juden immer riefen, ›Nächstes Jahr in Jerusalem!‹, so wissen wir Hunde, dass wir hier, nur hier, das wahre Paradies finden können.«

Als ich ihn fragte, was denn dieses ferne Land so auszeichne, erzählte er uns seinen Traum. Er wisse, sagte er, daß in den Bergen von Patagonien die einzige demokratische Hunderepublik der Welt existiere.

»Soll ich wieder zurück in eine Gartenlaube? Oder mit Ratten und herunter gekommenen Katzen am Hafen leben? Nein, wenn ich ein Ziel habe, dann ist es Südamerika, und ich werde es erreichen.«

Als ich von ihm wissen wollte, wo er in dieser fernen Hunderepublik denn seinen Platz sehen würde, da straffte er sich, hob den Kopf und sprach mit Nachdruck, oben, ganz oben, wo sonst. Humboldt träumte tatsächlich, der Präsident einer lateinamerikanischen Hunderepublik zu werden. Dazu brauchte er natürlich Geld, sehr viel Geld. Wie er das anstellen wollte, konnte ich mir nicht vorstellen, aber er schien sehr entschlossen zu sein, und ich traute Humboldt inzwischen einiges zu.

Auf meine Frage, wie er sich denn eine solche Präsidentschaft vorstelle, richtete sich Humboldt sehr gerade auf, legte die Pfoten auf die Armlehnen, als säße er auf einem Thron und schaute mich mit mildem Blick an. Allein die Vorstellung, einmal der oberste Herrscher seiner Republik sein zu können, veränderte seineStimme, den Blick, ja, den gesamten Habitus.

»Lieber Freund, uns beide verbindet die Liebe zu den Wissenschaften, zur Kunst und vor allem zur Sprache. Ich weiß, dass Ihre Liebe zu den Tieren, insbesondere zu den Hunden begrenzt ist. Umso mehr schätze ich Ihr Interesse und die Aufmerksamkeit, die Sie mir zuteilwerden lassen. Wie Sie vielleicht erfahren haben, verfüge ich seit langen Jahren über gute Kontakte zu verschiedenen Gouvernements«, er benutzte tatsächlich diesen Ausdruck,« sie stammen noch aus der Zeit, als ich, wie ich Ihnen bereits im Vertrauen berichtet habe, als alter Nachrichtendienstler ein enormes Wissen über Politik und ihre Manipulation erfahren und gelernt habe. Aus diesem Grund wundern Sie sich bitte nicht, wenn ich eines Tages genauso spurlos wieder verschwunden bin, wie ich für Sie aus dem Nichts auftauchte. Ich besitze hohe und höchste Auszeichnungen für meine Tätigkeiten, zuletzt erhielt ich den Tigerorden 1. Klasse aus Indien und den Raschtupoworden in Gold aus Moskau.«

Er beugte sich nach vorn und nahm einen tiefen Zug von dem inzwischen warmen Bier. Ein langer, zufriedener Rülpser kam aus seinem Rachen und er leckte sich zufrieden über den Unterkiefer.

»Seit dieser Zeit, liebe Freunde, weiß ich auch zu unterscheiden zwischen den Führern und den Geführten. Die Wölfe gehören eindeutig zu den Führern, und in mir liegen, belegt durch genealogische Untersuchungen, die ursprünglichsten Teile der Wölfe.«
Sibylle saß zu seinen Füßen, lehnte ihren Kopf an sein dichtes Fell und sah träumerisch in die Ferne, als hörte sie eine seltene Aufnahme aramäischer Liebeslieder aus dem Damaskus des 9. Jahrhundert.

»Die Existenz einer Republik der Hunde verdanken wir allein der Kraft und Weitsicht der Wölfe. Nur sie, die reinrassigen Wölfe, garantieren das Überleben in dieser unwirtlichen Landschaft. Sie allein sorgen für Nahrung, Ordnung und weiteres erfolgreiches Bestehen des Hundevolkes. Sie allein tragen das schwere Los der Verantwortung für die vielen Lebewesen, die ihnen anvertraut worden sind. Das ist eine schwere Last und nur wenige können sie tragen. Die Mischlinge, die es natürlich auch bei uns, wie in jedem Volk, gibt, die ihre Triebe nicht beherrschen und ihren geringen Verstand für die Ultima Ratio des Erdballs halten, diese Mischlinge brauchen eine feste Hand, um die alltäglichen, niederen Aufgaben als freudige Pflicht zu erfüllen. So ist eine harmonische Balance geschaffen, die allein das Bestehen der patagonischen Hunderepublik garantiert. Leider ist vor einigen Wochen der amtierende Präsident bei einem tragischen Unfall verschieden, und es stehen Neuwahlen an. Wie ich gehört habe, streiten sich seine Nachkommen um das Erbe, und niemand von ihnen hat auch nur die geringste Chance, das Volk zu einen und nach einer erfolgreichen Wahl zu führen. Hier bietet sich mir eine einmalige Chance. Ich bin von verschiedenen Seiten dringend aufgefordert worden, diese ehrenvolle Pflicht zu übernehmen und zu tragen. Ich bin dazu bereit.«
Sibylle klatschte in ihre Hände und rief: »Bravo, bravo, wann fahren wir?«

»Gestatten Sie mir eine Frage, verehrter Herr Humboldt.« Nur mit Mühe konnte ich meine Fassungslosigkeit verbergen. »Sie selbst, dem ich inzwischen alles zutraue, sind nun doch gewiss nicht das Ebenbild eines reinrassigen Wolfes?«
»Reden Sie keinen Quatsch, guter Freund, das weiß ich doch selbst.«
Sein Grinsen lief um den ganzen Kopf, und man sah sein prachtvolles Gebiss.
»Darauf kommt es ja auch nicht an. Aber ich verkörpere mit jeder Faser das Wissen und den Willen eines Wolfes. Das gegebene äußere Erscheinungsbild ist völlig unwichtig, das lässt sich leicht korrigieren. Es zählt allein der Eindruck, den die Mischlinge und die paar degenerierten Wölfe der Herrscherkaste, die bei diesem tragischen Unfall überlebt haben, von mir bekommen, nur das allein zählt und das bringe ich mit. Sie selbst sind doch ebenfalls nicht das Bild eines Hünen mit Schwert und Schild aus dem Neandertal, und doch nehmen Sie eine Rolle in der Gesellschaft ein, die Ihnen allein durch Ihre, bitte verzeihen Sie mir den Vergleich, verkümmerte Gestalt niemals zustände. Warum kommen Sie nicht mit nach Patagonien? Einen klugen, politischen Ratgeber kann ich immer gebrauchen. So, und jetzt habe ich tatsächlich Hunger!«
»Oh ja«, rief Sibylle, »wir könnten zusammen Bouletten braten, ich habe frisches Hackfleisch gekauft, Humboldt isst doch so gern Fleisch.«
So standen wir alle in meiner Küche, matschten in dem weichen Fleisch und den eingeweichten Brötchen, ich hatte Humboldt, der noch niemals irgendetwas gekocht oder gebraten hatte, zwei alte Kondome über seine Vorderpfoten gezogen, tranken Bier und brieten fette, braune Fleischklopse. Da ich selbst kein begnadeter Koch bin, setzte ich mich an den Flügel und spielte melancholische südamerikanische Volkslieder.
Die Klopse schmeckten vorzüglich, wir tranken immer mehr Bier, auch Humboldt, der mich zum Schluss küsste und mir mit

feuchter Stimme erklärte, wie wichtig ich für ihn sei, und dass er ohne mich nicht mehr leben wolle.

»Wir müssen zusammen bleiben, verstehst Du mich«, fragt er mit glasigen Augen, »wir müssen für immer zusammen bleiben.«

»Oh ja«, rief Sibylle, auch ihr tränten die Augen, es war nicht ganz klar, ob es von den Zwiebeln kam, oder ob echte Gefühle sich mit dem Fleisch mischten, »wir bleiben für immer zusammen!«, und umarmte uns beide so heftig, das wir schwankten und fast auf den Boden fielen.

»Lasst uns tanzen, wir haben so lange nicht getanzt!«
Sie lief zum Plattenspieler, ihre wiegenden Hüften bauschten den Vorhang in endlosen Wellen, mit dem langgezogenen Ton eines Akkordeons begann der Tango, die Mutter aller spanischen Tänze, und Sibylle lief, die Füße hintereinander setzend, als liefe sie auf einem Seil, direkt zu Humboldt.

»Ich könnte die ganze Nacht tanzen, nur tanzen, ohne nachzudenken.«

Sie griff seine Hand und zog ihn in die weiche Mitte ihrer Brüste. Nur mit Mühe befreite er sich, und rief, nach Luft schnappend, »niemals ohne meinen Freund!« und schnappte nach meinem Arm.

Dann tanzten wir zu dritt den südamerikanischen Tango in der original patagonischen Version, wie Humboldt versicherte, und wurden immer glücklicher. Bald konnte ich nicht mehr und setzte mich in den Sessel. Humboldt und Sibylle bewegten sich ganz langsam und leckten sich gegenseitig die Ohren.

Die Bouletten waren übrigens wirklich fabelhaft, nicht eine blieb übrig.

***

Seit einigen Tagen habe ich weder Humboldt noch Sibylle gesehen. Nach unserer fröhlichen Feier hatte ich bis in den

Vormittag geschlafen und nicht nach Humboldt geschaut. Er besaß einen Wohnungsschlüssel und ging in letzter Zeit oft eigene Wege. Erst am nächsten Tag begann ich mir Sorgen zu machen. Dass er zu Sibylle hoch gezogen war, merkte ich erst, als ich von oben laute Geräusche wie beim Möbelrücken hörte, dazu ihr schrilles Gekreische und sein markantes Knurren und kurzes Bellen. Ihr bedenkenloses Verhalten, allein die Vorstellung, wie sie wahrscheinlich ihre Gliedmaßen hemmungslos ineinander verknoteten und kopulierten, brachte mich fast um den Verstand. Meine Gefühle zu Sibylle waren in den letzten Tagen wieder sehr lebendig geworden, und ich fand Humboldts Verhalten absolut indiskutabel, ja schändlich. Er war mein Gast, ich hatte ihn in schwierigen Zeiten aufgenommen, ihm Nahrung und auch Trost geboten, und zum Dank dafür legte er sich zu meiner Freundin ins Bett. Ein Hund! Das war ja fast ein bisschen pervers. Ich verstand die Frauen immer weniger. Wenn es wenigstens ein richtiger Kerl gewesen wäre, aber ein haariges Wesen, wenn auch mit unerwarteter Bildung. Es war zum Totlachen. Sollte ich vielleicht hoch gehen, ihr vor Augen führen, wie sehr sie sich blamierte und ihn anschließend bei seiner Rute packen und aus dem Fenster werfen?

Es klingelte an der Tür. Als ich öffnete, stand Sibylle mit glänzenden Augen vor mir, in der Hand hielt sie einen kleinen, wirklich schönen Blumenstrauß. Ehe ich etwas sagen konnte, drückte sie mir ihn in die Hand.

»Der ist für Dich. Danke. Danke, dass Du mir meine Liebe geschenkt hast. Ich meine Humboldt. Ich weiß, das wirst Du nicht verstehen können, aber er ist das Glück meines Lebens.«

Sie redete aufgeregt, immer schneller, fast verhaspelte sie sich.

»Du wirst mich nicht verstehen, ich verstehe mich ja selbst nicht. Es ist nicht allein seine Intelligenz, seine Eloquenz, seine Bildung. Ich kannte vor ihm viele intelligente, gebildete Männer, aber immer hatte etwas gefehlt«.

Dabei sah sie mich ernst an.
»Niemals habe ich so etwas wie Humboldt kennen gelernt. Er ist wie ein kleiner Teufel. Erst ist er zärtlich, so zärtlich, wie es ein Mensch nie sein könnte, dann verspielt, weißt Du, dass er vorwärts und rückwärts Salto springt und dabei den Puck aus dem Sommernachtstraum rezitiert, und urplötzlich zeigt er seine Zähne, knurrt, zieht so fürchterliche Gesichter, dass ich nicht weiß ob ich lachen soll oder mich vor ihm fürchten, ein Schauer läuft mir in Wellen über die Haut, er zwingt mich auf die Knie, beißt mir ins Genick und besteigt mich, als wäre ich seine Hündin. Aber das Schlimmste ist«, hier brach sie in Tränen aus, »es gefällt mir. Noch nie wurde ich so gedemütigt und nie habe ich gleichzeitig so viel Zärtlichkeit erfahren. Ich werde mit ihm gehen, wohin er auch will. Er wird mich nicht enttäuschen. Dieses eine Mal nicht. Nie mehr.«
Sie drehte sich um und lief die Treppe hinab und aus dem Haus. Ich hielt den bunten Strauß in der Hand und hatte allen Zorn verloren.

Wir mussten dringend miteinander sprechen, Humboldt und ich. Ich schrieb ihm einen großen Zettel, den man nicht übersehen konnte, und legte ihn vor Sibylles Tür.

Sehr geehrter Freund, bitte melden Sie sich, ich kenne einen Weg, wie ich Ihnen helfen kann!

Ich hatte keine Ahnung, ob ich ihm überhaupt helfen wollte, aber ich musste wissen, welche Pläne er hatte, und er kam nur zu mir, wenn es mir gelang, seine Neugier zu wecken. Er besaß noch einen Schlüssel zu meiner Wohnung, und ich hoffte, dass er so reagierte, wie ich es geplant hatte.
Am Abend saß er bereits in meinem Lehnstuhl, nur das kleine Licht hinter dem Globus brannte und zwischen seinen Vorder-

pfoten hielt er einen großen, gut gefüllten Cognacschwenker. Humboldt überraschte mich immer wieder.

»Ich hoffe, Sie sind mir nicht böse, dass ich mich schon mal selbst bedient habe, aber ich bin ja hier fast zu Hause, möchten Sie auch ein Glas? Kann ich nur empfehlen, sehr vollmundig und trotzdem sanft, fast wie ich,« und dabei gackerte er wie kleiner südamerikanischer Gockel. Mit dieser Frechheit würde er es noch weit bringen.

»Kommen Sie, kommen Sie, nehmen Sie Platz neben mir, so können wir ungestört miteinander plaudern.«

Er war hier zu Hause und ich schien der Gast zu sein.

»Trinken wir auf die Liebe.« Er hob das Glas, als wollte er einem ganzen Auditorium zuprosten. »Die Liebe, und das ist es doch, was Sie bedrückt, mein lieber Freund, hat oft kostbare Freundschaften zerstört. Die Sinnlosigkeit der Handlungen, die aus Leidenschaft oder Enttäuschung entstehen, erkennt man leider immer erst zu spät. Glauben Sie mir, verehrter Herr, auch die Liebe ist ein launischer Zwischenfall, wie das Glück, und es lohnt wirklich nicht, dass die wichtigsten Grundlagen des Lebens, wie die Wissenschaft, die Moral oder eine kostbare Partnerschaft zwischen Männern durch sie auch nur in Frage gestellt wird. Ich bin mir sicher, wir beide werden einen guten Weg finden, um ein Unglück zu verhindern.«

So viel Abgebrühtheit bei einem Hund machte mich sprachlos.

»Sie deuteten an, dass Sie mir bei meinen Plänen helfen könnten?«

Es gab für mich nur zwei Möglichkeiten: entweder ich drohte ihm so massiv, dass er für immer aus meinem Leben verschwand, oder ich überredete ihn zu einem für ihn scheinbar vorteilhaften Handel, um ihn so zu einer vorzeitigen Abreise zu bewegen. Beides konnte misslingen, den Humboldt war schlau, viel schlauer, als ich es mir am Anfang unserer humanistischen Gespräche hätte vorstellen können.

Für die Drohung hatte ich bereits am Morgen die alte, schussbereite Pistole meines Vaters im Bücherregal hinter den Bildbänden versteckt, für die Überredung brauchte ich Phantasie und meinen ganzen Verstand. Ich musste ihn mit einem Angriff überraschen.

»Warum wollen Sie Sibylle unbedingt auf dieses Abenteuer mitnehmen? Glauben Sie wirklich, Sie könnten eine erwachsene Frau so ohne weiteres, gegen ihren Willen verschleppen? Kidnapping ist ein Offizialdelikt, und unsere Polizei ist Gottseidank sehr gut ausgebildet und geht bei solchen Verbrechen jedem Hinweis nach.«

Humboldt sah mich sehr konzentriert an.

»Selbst wenn es Ihnen gelingen könnte, Sibylle mitzunehmen, glauben Sie nicht, dass diese oberflächliche Frau für Sie nur eine Belastung in der Wildnis werden würde? Eine einzelne, hellhäutige Frau unter lauter Hunden, wie sieht das denn aus?«

Humboldt bellte einen hellen Laut, der sich fast wie ein Lachen anhörte. Jetzt spielte ich meinen letzten Trumpf aus.

»Lieber Freund, ich will Ihnen doch nur helfen, vertrauen Sie bitte mir und meiner Erfahrung. Sie haben noch nie ein politisches Amt bekleidet, wie wollen Sie sich denn verhalten, wenn Sie in Patagonien eine reizende, kräftige Hündin als Partnerin und Mutter Ihrer künftigen Kinder und Erben gefunden haben? Was würde Ihr Volk dazu sagen, dass Sie trotzdem mit einer Menschenfrau zusammenleben? Ist Ihnen nicht bewusst, dass das am Ende auch zu einer Gefahr für Sie persönlich und Ihr künftiges Amt werden könnte? Sie wissen doch genau wie ich, dass diese merkwürdige Liebesgeschichte überhaupt keine Zukunft hat.«

Humboldt knackte laut mit seinem Unterkiefer und er räusperte sich kräftig:

»Mein lieber, alter Freund, ich zwinge keinen, mir zu folgen, egal wohin, aber wie soll ich ein Volk führen können, das mich gewählt hat, das mir folgen will, wenn ich bereits die Freundschaft und die Liebe, die mir freiwillig, hören Sie, freiwillig gegeben

wird, ausschlage. Auch Sie, verehrter Freund, wollten mir doch folgen, bis diese junge Frau sich für mich entschieden hatte.«
Ich lächelte so breit ich konnte, und bemühte mich dabei, die Distance zu den Bildbänden unauffällig zu verringern.
»Im Übrigen finde ich es sehr interessant, wie Sie diese warmherzige, hochintelligente Frau einschätzen. Haben Sie es ihr schon mal selbst gesagt? Aber lassen wir das mal so stehen. Ich habe Ihre Entscheidung, mir nicht zu folgen, akzeptiert, wenn ich sie auch nicht nachvollziehen kann. Aber bitte respektieren Sie auch die Entscheidung unserer gemeinsamen Freundin. Es wird ihr nichts Böses geschehen, das garantiere ich, im Gegenteil, sie wird ein Leben an meiner Seite kennen lernen, von dem sie bis vor ein paar Wochen noch nicht einmal geahnt hat, dass es möglich ist. Könnten wir uns darauf einigen?«
Jetzt stand ich etwas hinter ihm und stellte mir dabei vor, wie ich ihn töten würde. Eine rasche Bewegung von mir, ein gezielter Schuss und der Spuk wäre zu Ende. Ich wusste, dass es niemals geschehen würde, aber es erfüllte mich mit einer tiefen Befriedigung, dass es möglich wäre. Niemand würde mich bestrafen, denn ein gefährliches Tier in der eigenen Wohnung zu töten, konnte nicht bestraft werden, da war ich mir sicher.
Über meinen Nacken lief eine dünne Schweißspur in den Hemdkragen.
Er drehte den Kopf und sah mich von unten mit seinen sanften braunen Augen an. Man konnte ihm nur schwer widerstehen.
»Aber Sie wollten mir, trotz unseres kleinen Missverständnisses, einen Vorschlag machen, wie wir unsere gemeinsamen Ziele erreichen können?«
Humboldt war ein intelligentes Schwein, keine Frage. Aber er wusste nicht alles. Sein Leben als Hund versperrte ihm immer noch den Blick in die Realität der bürokratischen Hindernisse unseres Staates.
»Mein lieber, verehrter Herr Humboldt, wie stellen Sie sich vor, dieses Land verlassen zu können und in ein anderes ein-

zureisen, ohne im Besitz persönlicher Dokumente zu sein? Ich rede hier nicht einmal von Visa und ähnlichen bürokratischen Hürden, ich denke an so etwas Simples wie einen Reisepass. Besitzen Sie irgendeinen Ausweis? Nein? Besteht denn die Hoffnung, dass Sie in absehbarer Zeit ein solches Dokument erhalten werden? Nein? Würden Sie denn meine Hilfe annehmen?«
Wenn ich Humboldt auf das Meldeamt begleitete, um einen Pass für ihn zu beantragen, müsste doch selbst dem dümmsten Beamten auffallen, dass es ein Hund ist, der mit krimineller Energie versucht, ein amtliches Dokument als Mensch zu bekommen. Passvergehen werden in unserem Land nicht unerheblich bestraft. Flog er damit auf, womit zu rechnen war, würde ich zwei Fliegen mit einer Klappe schlagen: dieser Hund wäre für immer weg, egal, wo sie ihn einsperrten, und Sibylle würde irgendwann aus ihrer Verblendung aufwachen und mir noch dankbar sein. Bei seiner Festnahme würde ich einfach behaupten, dieser Hund habe am Eingang so entsetzlich gejault und sei mir hinter her gelaufen, dass ich mit ihm nach seinem verloren gegangenen Besitzer suchen wollte.
Humboldt schaute mich sehr betrübt an. Wenn es einen Beruf für Hundeschauspieler gäbe, er wäre mit Sicherheit ein Star geworden.
»Damit habe ich in der Tat nicht gerechnet. Immer und überall stellen sich die Menschen gegenseitig irgendwelche Papiere aus, als müssten sie sich schriftlich beweisen, einander zu kennen. Das wird es in der Ersten Republik für Hunde nicht geben, denn wir erkennen uns am Geruch. Sie sehen, auch wir haben unsere Methoden, die Ihren weit überlegen sind. Natürlich nehme ich dankbar Ihre Hilfe an, und ich vergesse nie, wer auf meiner Seite steht. Wollen wir unsere Freundin mitnehmen? Eine Frau an unserer Seite lässt uns gewiss unverdächtiger erscheinen.«
Und dann lachte er wirklich, seine Rute schlug heftig auf den Boden und er trank in einem Zug den Rest Cognac direkt

aus der Flasche. Bevor er ging, stand er vor den Büchern und meinte:
»Diese Bildbände, mein lieber Freund, verführen einen manchmal zu unüberlegten Handlungen, die man später oft bereut. Ich weiß, wovon ich rede.«
Als er die Treppe hinaufging, bellte er noch immer sehr fröhlich.

Über Nacht war der Winter gekommen. Der Schnee verschluckte unsere Schritte, als wir zu dritt zum Rathaus gingen, um Humboldt einen Reisepass zu besorgen. Es war kalt, und der Atem legte sich in winzigen Eiskristallen auf unsere Gesichter. Sibylle hatte Humboldt wie einen kleinen Mann heraus geputzt, er hatte das viele Geld auf ihrer Einkaufsorgie nicht umsonst ausgegeben; ein weißes Hemd mit dem geklauten grünem Schlips, ein Anzug in Pfeffer-und-Salz-Muster, sogar an eine Art Handschuhe hatte sie gedacht und ihm einfach dicke, schwarze Wollsocken über die Pfoten gezogen. Vor den Augen trug er eine ebenfalls grüne Brille mit Fensterglas und auf dem Kopf saß schräg eine schottische Mütze. Gegen einen Hut hatten wir uns gewehrt, obwohl Humboldt den Hut als den höchsten Ausdruck eines wahren Gentlemans sah.

Das *Einwohner- und Meldeamt der Stadt* war in einem sehr alten, wuchtigen Gebäude mit großen Granitquadern untergebracht, einem ehemaligen Militär,- später Untersuchungsgefängnis, dem man seine frühere Funktion heute noch ansah. In einer großen Halle waren auf der rechten Seite kleine Kabinen aufgebaut, über denen immer wieder verschiedene Nummern aufleuchteten, gegenüber standen alte Holzbänke, vermutlich auch noch aus der Militärzeit, und kleine, wacklige Tische, auf denen amtliche Formulare, Prospekte und Hinweise lagen.
Über einem Metallkästchen stand handgeschrieben:

Bitte ziehen Sie Ihre Wartenummer am Warteautomaten.

Am Eingang, neben der großen Eichentür, stand ein bulliger Mann in Uniform und bewachte den Nummernautomaten. Sibylle hatte einen roten Kopf und bekam einen Schluckauf, das ist immer so, bevor sie sich in einen Lachkrampf stürzt. Humboldt knurrte kurz und meinte, das sei völlig in Ordnung, und Sibylle kniff mich in den Arm. Wir mussten nicht lang warten, bis unsere Nummer am Ende des Saales aufleuchtete. Eine Frau im mittleren Alter musterte uns misstrauisch und fragte, wer von uns denn ein amtliches Reisedokument brauche.
»Mein Neffe«, sagte ich fröhlich und wies auf Humboldt.
»Das ist ihr Neffe? Wie alt ist er denn? Schon 16 Jahre? Dann treten Sie doch bitte einmal vor.«
Die Frau stand auf, um Humboldt besser sehen zu können.
»Ist was mit ihm? Ich meine, ist er behindert, oder kleinwüchsig, oder so was ähnliches?«
»Verehrte Frau Amtsvorsteherin«, knurrte Humboldt, »ich bin weder kleinwüchsig noch behindert, und wenn es mir nicht gelingen sollte, in Ihr Weltbild zu passen, bedaure ich das außerordentlich.«
Sofort rief ich in das erschrockene Gesicht der Frau: »Sein Großvater ist der berühmte Tiroler Bergsteiger, na, Sie wissen schon, der mit den vielen Büchern, der hat auch so viele Haare im Gesicht.«
Die Frau setzte sich wieder.
»Den ausgefüllten Antrag und die Lichtbilder, bitte. Gab es bereits schon einmal einen Kinderausweis?«
Zum Glück hatten wir uns rechtzeitig informiert und alles mitgebracht, was für ein solches Dokument nötig ist. Trotzdem wiederholte die Frau alle Fragen des Formulars noch einmal.
»Wie heißen Sie mit Vornamen?«
Schon hatten sie uns erwischt, gleich am Anfang hatten sie uns ertappt. Wir hatten nicht über den Vornamen gesprochen, denn Humboldt war für uns einfach der Humboldt, nichts sonst.
»Ich heiße Heinrich, wie der Gründer des Ersten Deutschen Rei-

ches, und viele berühmte Männer nach ihm. Ich heiße Humboldt, Heinrich Humboldt.«
Dabei zog er etwas indigniert die Lippen nach oben.
»Wie heißt Ihr Vater?«
»Mein Vater heißt Oleg Biesam, Professor Oleg Biesam, der Erfinder der berühmten Biesamkartusche.«
»Das tut hier nichts zur Sache. Wie heißt Ihre Mutter?«
»Meine Mutter heißt Martha Eleonore Biesam, geborene Hürtel. Ihre Vorfahren kamen aus dem Alemannischen. Sie hatte auch Physik studiert und über die Verwerfungen der Schwäbischen Alb promoviert.«
Wir waren sprachlos, Humboldt hatte sich gründlich vorbereitet.
Die Frau hinter dem Schalter verglich die Fotos mit Humboldt.
»Können Sie mal bitte Ihre Brille abnehmen?«
Humboldt drehte den Kopf nach rechts und nach links und blinzelte die Frau freundlich an. Er konnte sehr charmant sein, wenn er wollte.
»Und Sie, wer sind Sie?«
Sie meinte mich und Sibylle, ihr Misstrauen blieb ungebrochen.
»Wir, also ich, bin der angeheiratete Onkel meiner verstorbenen Schwester, also, ich wollte sagen, das ist mein Neffe.«
»Wo ist die Geburtsurkunde, ich sehe hier keine Geburtsurkunde?«
Ihre dicke Nase schob sich immer näher zu uns, als hätte sie endlich die befürchtete Illegalität gewittert.
»Die Urkunde ist bei den Unterlagen, also vorhin war sie dabei, vielleicht ist sie hinunter gefallen?«; log ich fröhlich. Wir hatten an alles gedacht, aber nicht an dieses blöde Dokument, dass man fast nie braucht, von dem man durch die Eltern schon gehört, aber es nie gesehen hat. In dieser Sekunde begriffen wir, was der Mensch ohne Geburtsurkunde ist. Ein Nichts, ein Niemand, ohne Geburtsurkunde ist er nicht vorhanden, nie geboren worden, und also auch nicht berechtigt, jemals ordentlich

zu sterben. Da lobte ich mir Humboldts patagonische Hunderepublik, in der der eigene Geruch als Ausweis für ein ganzes Leben reichte.

»Ohne Geburtsurkunde kann ich keinen Pass ausstellen. Bitte kommen Sie wieder, wenn Sie das Dokument gefunden haben. Ich werde Ihre Unterlagen solange bei meinem Dienststellenleiter ablegen.«

Ihre Augen leuchteten triumphierend, als sie den Knopf drückte, um die Nummer für den nächsten Antragsteller aufleuchten zu lassen. Wir waren entlassen.

Als wir auf die Straße traten, begannen wir spontan zu lachen, wir hielten uns an den Händen, sangen einen blöden Schlager und tanzten im frischgefallenen Schnee. Sibylle bückte sich und kratzte aus der dünnen Schneedecke kleine Bälle, mit denen sie uns bewarf. Auch Humboldt und ich kneteten Schneebälle und versuchten, sie uns gegenseitig in das Hemd zu stecken. Wir waren einfach erleichtert, dass unser krimineller Plan so rasch und gründlich gescheitert war. Immer wieder ahmten wir die dicke Frau mit ihrer plumpen Nase nach, bewunderten Humboldt für seine kaltblütige Eloquenz und mich als seinen engsten Verwandten.

Im nächsten Café fragte ich Humboldt, wie er sich so spontan die Namen und Berufe seiner anonymen Eltern ausgedacht hatte.

»Aber das stimmt doch alles, nichts habe ich mir ausgedacht, bis auf meinen Vornamen, der ist tatsächlich erfunden.«

Humboldt kam als Welpe zu einer Professorenwitwe, die ihn an einer Laterne angebunden auffand, mit nach Hause nahm, und, als sie seine außergewöhnlichen Talente entdeckte, in allen Fächern und Sprachen unterrichtete, die eine gute Schule geboten hätte. Sie vertraute Humboldt und liebte ihn, so wie man ein Kind lieben würde. Die Liebe zu ihrem Mann war schon in den ersten Jahren seiner Karriere erloschen, als er durch den großen, beruflichen Erfolg zu einem selbstgerechten Tyrannen wurde.

Kurz vor ihrem Ende deutete sie an, dass beim Tod ihres Mannes, des Physikprofessors und Erfinders Oleg Biesam, nicht alles mit rechten Dingen zugegangen sein sollte. Der Hausarzt hatte den Totenschein ausgestellt, ohne den Verstorbenen näher zu untersuchen. Er saß mit der Witwe hinter verschlossenen Türen, hin und wieder hörte man einen heftigen Wortwechsel, und nach zwei Stunden verließ er mit bleichem Gesicht und ohne ein Wort das Haus. Ihre beide Kinder, ein Sohn und eine Tochter, waren noch am selben Tag ausgezogen. Heute schrieb man sich eine Karte zu Weihnachten und eine zum Geburtstag, mehr Kontakte gab es nicht.

Von Humboldt wussten sie nichts. Seine Ziehmutter hatte ihn immer gewarnt:
»Niemals dürfen meine Kinder erfahren, dass Du bei mir wohnst. Das wäre für Dich lebensgefährlich, glaube es mir.«
Erst durch den Tod der Mutter erfuhren sie bei der Testamentseröffnung von der Existenz Humboldts. Er hatte unverhofft den größten Teil eines nicht unbeträchtlichen Vermögens geerbt, den Kindern war nur der Pflichtteil geblieben. Fast wäre es beim Notar zu Handgreiflichkeiten zwischen den Erben gekommen. Noch am selben Tag floh er aus der Stadt und versteckte sich in einer alten Gartenlaube.
Die Kinder fochten ohne Erfolg das Testament an. Als das nichts nützte, stellten sie Strafanzeige und behaupteten, Humboldt hätte die Schwäche und das Vertrauen seiner Ziehmutter ausgenutzt, um sie auf noch nicht geklärte Weise umzubringen. Eine beantragte Obduktion unterblieb, da kein ausreichender Tatverdacht bei der Staatsanwaltschaft bestand. Man konnte sich beim besten Willen nicht vorstellen, wie ein kleiner Hund eine intelligente Professorenwitwe hätte töten sollen.
Inzwischen hatten die Kinder die juristische Aussichtslosigkeit

ihrer Klagen erkannt, trotzdem hatte man immer wieder versucht, mit Drohungen und Hilfe durch Privatdetektive an das Geld zu kommen. Humboldt war gezwungen, ständig seinen Aufenthalt und seine Identität zu wechseln, bis er mich an jener Bank traf.

»Und heute, liebe Freunde, steht die letzte, die endgültige Veränderung bevor.«
Humboldt strahlte, als hätte er in der Lotterie gewonnen. Ich hatte genug von seinen großspurigen Erzählungen, denn es war unmöglich, seine Wahrheit von der Aufschneiderei zu unterscheiden. Es gab wichtigere Dinge auf der Welt, als Humboldts Lügen. Jetzt war endlich der richtige Moment, um von mir und meinen neuen Plänen zu erzählen.
Gestern hatte ich den Kaufvertrag für eine große Motoryacht unterschrieben. Ein Jahr lang wollte ich auf diesem Boot eine Reportage über das bedrohte, autonome Leben der indigenen Stämme in der Arktis schreiben. Die wachsende Tourismusindustrie und seine gefährlichen Begleiterscheinungen breiteten sich immer weiter aus. Die Meere wurden leer gefischt und die Natur wurde hemmungslos vergiftet. Bald würden sich alle Menschen auf der Erde vom gleichen Fastfood ernähren, die gleichen Autos fahren und den gleichen Alkohol in großen Mengen trinken. Ich war schon fast zu spät mit meinem Vorhaben. Voller Begeisterung und Enthusiasmus erzählte ich von der Weite des Meeres und der Chance, die Welt in ihrer Ursprünglichkeit zu entdecken, bevor es zu spät war.
»Du willst ganz allein fahren, ohne Begleitung?« Sibylle war konsterniert.
Humboldt machte ein staatsmännisches Gesicht:
»Diese Begeisterung und diesen persönlichen finanziellen Einsatz hätte ich mir für meine demokratische Republik gewünscht, ich gestehe, ich hatte sogar fest mit Ihnen gerechnet. Ich bin wirklich sehr enttäuscht. Bei uns hätten Sie alles vorge-

funden, was Sie nun wahrscheinlich vergeblich in Ihren kalten arktischen Gewässern zu finden hoffen.«

Mit einem merkwürdigen Unterton fragte er mich weiter: »Woher haben Sie denn plötzlich so viel Geld? Bewahren Sie eine so große Summe bei sich zu Haus auf? Vielleicht noch unter dem Kopfkissen?«

Sibylle und er sahen mich etwas mitleidig an und begannen laut zu lachen.

»Das wäre ein Buchtitel: ›Wie ich als kleiner Reporter zu meinen kalten Millionen kam‹«.

Es war eine offensichtliche Provokation, und es wäre besser gewesen, souverän und ruhig zu reagieren. Aber eine unselige Mischung aus enttäuschter Liebe und spontanem Misstrauen ließ mich meinen Mund nicht halten.

»Besser ich fahre allein über die kalten Meere, als allein in einer kalten Grube zu liegen.«

Humboldt schaut mich starr an und sagt in einem merkwürdigen Ton nur ein Wort: »Schade. Es ist wirklich schade um Sie.«

Die Sonne warf einen dunkelroten Schatten über den Hafen, als Humboldt den Arm hob und vage zum Horizont deutete.

»Dort liegen drei Schiffe, die regelmäßig nach Lateinamerika fahren. Ein Schiff, *The last Rose*, fährt Kreuzfahrten mit 3000 Passagieren, ich vermute, diese Menschen haben alle einen Reisepass.« Er lachte leise.

»Das Zweite transportiert 10 000 Container zwischen Rotterdam und Sao Paulo, und das Dritte ist ein kleiner Frachter für Maschinenteile und ähnliches. Es heißt *La Esperanza* mit dem Zielhafen Santa Cruz an der Südspitze von Argentinien. Ich kenne den zweiten Offizier auf diesem Schiff aus meiner türkischen Zeit. Morgen Abend legt es ab.«

Die schwarzen Kräne leuchteten golden in den dunklen Himmel. Sibylle schmiegte sich in das weiche Fell des Hundes. Meine Sorge um sie wurde immer größer, sie schien ihren Verstand restlos verloren zu haben.

»Liebe Sibylle, wolltest Du Dir nicht im Januar eine größere Wohnung kaufen? Wir haben uns doch die Prospekte angesehen, so günstig und direkt am Park, hast Du gesagt, bekomme ich das nie wieder. Du hattest doch von Deinen Eltern eine Menge Geld geschenkt bekommen? Und Du hättest eine Sicherheit für das ganze Leben. Das wolltest Du doch, endlich Sicherheit.«
Sie blinzelte in das letzte Licht, als wollte sie den Tag für immer festhalten.
»Ach, mein Lieber, mach Dir keine Sorgen um mich. Geld und Besitz ist nicht alles, die Liebe und das Unerwartete sind viel wichtiger und stärker«.
Dann drehten sich beide um und gingen mit raschem Schritt über die Gleise der Krananlagen, bis sie kleiner und kleiner wurden und in der Dunkelheit verschwanden.

Vor mir lag ein schwerer Tag, ich musste meine Reise vorbereiten, meinen Chefredakteur überzeugen, dass ich nach einem Jahr noch ein exzellenter Journalist sei, ohne den ein gutes Blatt niemals auskommen würde, und vereinbarte für den nächsten Tag die Übergabe der Schiffspapiere und die Bezahlung der Kaufsumme in bar. Humboldt hatte gar nicht so unrecht mit seinem kleinen Scherz, das Geld lag tatsächlich in meinem Schrank. Was soll in einem Tag schon passieren, dachte ich mir. Niemand weiß von dem Geld, und ich bin als unbekannter Reporter in diesem alten Haus völlig uninteressant für eventuelle Diebe. Zudem wollte ich am Abend versuchen, noch einmal mit Sibylle zu reden, allein, und ohne diesen größenwahnsinnigen Hund.
Als ich die Wohnung öffnete, brannte in der Küche das kleine Licht, vielleicht hatte ich vergessen, die Lampe auszumachen. Am Morgen hatte ich es meist eilig und manchmal bin auch etwas nachlässig. Einmal hatte ich sogar den Wohnungsschlüssel im Schloss stecken lassen, und trotzdem war nichts passiert. Auf

dem Küchentisch stand ein Teller mit frischgebratenen Bouletten. Sie dufteten wundervoll, und ich biss gleich in einen der Fleischklopse hinein. Daneben lag ein Zettel: »Für Dich, mein Freund, guten Appetit, Dein Humboldt.« Die Vorstellung, dass mein Freund Humboldt mit seinen dicken Pfoten, wahrscheinlich wieder mit übergezogenen Kondomen, in der Fleischmasse herum gerührt hatte, nur um mir eine Freude zu bereiten, wenn ich nach der Arbeit müde nach Hause kam, berührte mich sehr. Ich war ungerecht und eifersüchtig gewesen, und hatte beide Freunde beleidigt. Was hatten sie mir schon getan? Nichts. Im Gegenteil. Sie schlossen mich in ihr Leben und ihre Pläne ein, fragten mich um Rat, und wünschten sich, dass ich Ihre Abenteuer teilte. Ich war einfach zu ängstlich und zu spießig gewesen. Ich würde mich entschuldigen und ihnen glaubhaft versichern, wie leid mir alles tat. In das unbekannte Patagonien würde ich sie trotzdem nicht begleiten, aber das würden sie bestimmt verstehen.

Die Bouletten schmeckten vorzüglich, Humboldt hatte irgendein unbekanntes Gewürz dazu gemischt, ein wenig scharf, aber nicht schlecht.

Eine dunkle Müdigkeit fiel über mein Gehirn und ich hatte das unangenehme Gefühl, in ein tiefes Loch zu fallen. Um Mitternacht erwachte ich durch einen starken Brechreiz. Das Kopfkissen, das Laken und der helle Läufer vor meinem Bett waren durch dunkles Erbrochenes bedeckt. Ich schwankte ins Bad, als wäre ich stark betrunken. Die Lampen tanzten doppelt vor meinen Augen, und ich hatte unglaubliche Kopfschmerzen. Auf der Toilette schlief ich ein, vielleicht fiel ich auch in eine leichte Bewusstlosigkeit. Als ich wieder erwachte, lag ich auf den kalten Fliesen, das Fenster war weit geöffnet, es hatte etwas herein geschneit, und ich fror erbärmlich. Zum Glück fand ich die starken Migränetabletten, die mir Sibylle geschenkt hatte. Seit meiner Kindheit überfielen mich regelmäßig krampfartige Mi-

gräneschmerzen. Als ich mich nach dem Eimer und dem Lappen bückte, um die größte Schweinerei zumindest oberflächlich zu beseitigen, wurde mir wieder schwarz vor den Augen. Ich schleppte mich ins Wohnzimmer und sank in den großen Sessel. In der ganzen Wohnung stank es erbärmlich. Ich konnte nicht wieder ins Bett gehen, ich hätte mich sofort wieder übergeben. So schlecht war es mir schon lang nicht mehr gegangen. Ich zog die gelbe Wolldecke bis über den Kopf und fiel in einen leichten Schlaf. Dabei träumte ich von Sibylle und Humboldt, die mit riesigen Schüsseln voller Bouletten um mich herum tanzten und dazu spanische Lieder sangen.
Am Vormittag erwachte ich in der gleichen embryonalen Haltung, wie ich eingeschlafen war. Ich wollte in die Küche, um mich mit leichter Brühe, Kopfschmerztabletten und viel Wasser zu kurieren, da sah ich das offene Schlafzimmerfenster und die geöffnete Kassette am Boden. Sie war leer, nur wenige Sammelmünzen lagen verstreut auf dem Boden. Mein gesamter Besitz war verschwunden, das Geld für das Boot, die goldene Taschenuhr meines Vaters, die Pistole und der Schmuck meiner Mutter, alles war weg. Nur die zehn Schatzbriefe hatte man dagelassen, die Diebe hatten wohl Kenntnis von ihrem aktuellen Wert. In mir stieg Panik hoch, mein Herz schlug hart und schnell und meine Mundhöhle trocknete aus. Zuerst musste ich die Polizei anrufen, dass man bei mir eingestiegen war und mich bestohlen hatte. Sie mussten sofort zu mir kommen und alles fotografieren. Sie würden Fingerabdrücke finden, ein Protokoll mit mir aufnehmen und ich musste es unterschreiben. Ich fühlte mich sehr schwach.
Ob die Polizei mir überhaupt glaubte, dass ich bestohlen wurde? Sie würden Fragen stellen, die ich nicht beantworten konnte. Wer sollte über die Fassade in den dritten Stock einsteigen, und auch noch wissen, wo sich meine wenigen Schätze befanden, denn außer dem Schrank und der Kassette war nichts geöffnet, zerwühlt oder zerstört worden. Nein, die Diebe mussten

durch die Wohnungstür gekommen sein. Aber die Tür war nicht aufgebrochen worden, im Gegenteil, sie war verschlossen, mein Schlüssel hing am Schlüsselbrett. Wenn ich ins Bett ging, schloss ich die Tür ab und ließ den Schlüssel stecken. Wieso hatte ich mich gestern so völlig anders verhalten? Ich hatte keinen Alkohol getrunken, nicht den kleinsten Schluck. Gestern Abend, ich versuchte mich zu erinnern, schloss ich meine Wohnung auf und fand den Teller mit den frisch gebratenen Bouletten. In der Küche brannte das kleine Licht. Humboldt hatte einen Schlüssel. Sibylle besaß ebenfalls noch einen Schlüssel, falls ich mal nicht da war und die Putzfrau zu mir wollte. Ich roch an der einzigen Boulette, die noch auf dem Teller lag. Alles war normal, kein Indiz auf Blausäure oder andere unangenehme Gerüche, die einen Verdacht auf Gift hätten bestätigen können. Trotzdem wurde mir schlecht bei der Vorstellung, ich müsste dieses Fleisch essen. Man hatte versucht, mich zu vergiften, soviel stand für mich fest.

Ich hatte den Telefonhörer bereits in der Hand, um den Notruf zu wählen, als mich meine Zweifel den Hörer wieder auflegen ließen. Sollte ich der Polizei erzählen, dass mich ein Hund ausgeraubt hatte, ein Hund, der in Patagonien der Präsident einer demokratischen Hunderepublik werden wollte? Es war besser, erst mal eigene Nachforschungen anzustellen. Vielleicht irrte ich mich, hatte nur eine schreckliche Migräne und Humboldt und Sibylle lagen heftig umschlungen in ihrem Bett. Ich stieg die Treppe hinauf und klingelte mehrfach und heftig, aber niemand öffnete. Ich lief auf die Straße, um ihre Fenster von unten zu sehen. Alles war dunkel und die dichten Vorhänge zugezogen. Humboldt und Sibylle hatten ihre Reise angetreten und mich zurück gelassen. Ich setzte mich auf den Bordstein und schaute lange in den kleinen Park, wo ich mich mit Humboldt so oft an der Bank getroffen hatte. Wieviel Jahre schien das her zu sein.

Gestern hatten sie mir noch erzählt, dass sie das schöne Winterwetter ausnutzen wollten, um auf den Kanälen und alten Nebenarmen des großen Stroms gemeinsam Schlittschuh zu laufen. Ich erinnerte mich, wie wir bei der Vorstellung gelacht hatten, Humboldt in Schlittschuhen über das Eis wackeln zu sehen. Wie in Trance stand ich auf und ging zum Hafen. Es hatte noch einmal kräftig geschneit, die Wege sahen aus wie im Niemandsland, unberührt und sehr sauber. Ich fand bald ihre Spuren, Menschenfuß und Hundepfote, sie führten mich zum Nebenarm des großen Stromes. Am Ufer standen zwei Paar Schlittschuhe ordentlich nebeneinander. Ihre Fußspuren zogen weiter über das verschneite Eis und verloren sich bald im Dunst des beginnenden Tages.

Auf dem Deich ging eine Familie, die Kinder liefen hintereinander und versuchten sich zu fangen. Der Wind wehte ihre spitzen Schreie zu mir herüber. Ich dachte an Humboldt und seine Kindheit, ob er als kleiner Hund wohl jemals Liebe bekommen hatte, und wie schrecklich es gewesen sein musste, immer auf der Flucht zu sein. Selbst wenn er mich bestohlen haben sollte, er hatte doch recht. Ich hatte ihn belogen und betrogen, ich war der Größenwahnsinnige, der glaubte, alles von der Welt zu wissen, ich hatte ihn doch belächelt und mich heimlich über seine gestelzte Sprache lustig gemacht. Als er sah, dass ich nie die Absicht hatte, ihn als seinen besten Freund zu begleiten, wurde er misstrauisch und änderte seine Pläne. Sibylle hatte ihn nie belogen, sie hatte ihm spontan ihr Herz geöffnet, ihm ihre Liebe geschenkt und er hatte sie angenommen. Jetzt hatten mich beide verlassen. Ich würde wieder so leben müssen wie vorher, bevor der Hund Humboldt in mein Leben trat.

Unter meinen Füßen hatte sich Schmelzwasser gebildet. Ich ging den Weg zurück und versuchte, in meinen und Humboldts Spuren zu laufen. Ab und zu trat ich daneben.

Ich blickte mich noch einmal um. Die Familie mit den Kindern war verschwunden. Hinter dem Deich lag der große Hafen. Die Kräne zerschnitten wie mit filigranen Kohlestiften das helle Grau des Tages. An der Stelle, wo uns gestern Humboldt die Silhouette der »Esperanza« gezeigt hat, war eine breite Lücke. Am Himmel zogen die ersten filigranen Eiswolken auf. Es würde bald Sturm geben auf dem offenen Meer.

Ellipse

Er war so sicher
das Abenteuer
das Leben zu finden
hinter der nächsten Biegung

als die Hoffnung am größten
hatte sich der Kreis
bereits vollendet.

Tanz 2

Mit einer einzigen kleinen Welle
ihres Körpers
vom Grund zum Himmel
gab sie ihm Hoffnung

sonst war alles gewöhnlich.

Gemeinsamkeiten

Als sie zusammen
lebten endlich
genossen sie jeden Tag
den sie nicht zusammen
leben mussten.

Kleines Wort

Es war nur ein Wort
klein
schillernd
bösartig stieg es
aus dem Mund

wir sahen zu
wie es davon flog

niemand
sagte ein Wort.

Trias

Wem sollte ich vertrauen:

Der Wahrheit, der Lüge oder
dem Glauben.

Vertraue ich der Wahrheit
belüge ich mich

glaube ich an die Lüge
betrüge ich die Wahrheit

bin ich im Glauben
werde ich getäuscht

wem sollte ich vertrauen
wenn nicht mir.

Begegnungen

Was wird aus mir
auf dem Weg nach oben
wenn ich mir begegne
auf dem Weg nach unten
und niemand uns erkennt.

Getrennte Wege

Sie gingen den gleichen Weg
gemeinsam scheinbar
trennten sie sich

nicht an der Kreuzung
entgegen gesetzt

gingen sie den gleichen Weg
gemeinsam scheinbar
nur in der Erinnerung.

Verwandt

er denkt wie ich
er fühlt wie ich
er liebt wie ich
er hasst wie ich
er sieht ganz anders aus
er ist mein Feind.

Gewichte

Als er sich endgültig
von seinem Schatten trennte
ward ihm so leicht
ward ihm so leicht
leichter als der Schatten
den er suchen wollte.

Artus Runde

Sechs Stühle stehen
um unseren Tisch

zwei sind gekauft
einer lacht
einer lügt
einer weint
einer betrügt
keiner ist besetzt

fünf Stühle stehen
um unseren Tisch
einer hat uns verlassen

niemand
hat ihn gekannt.

Zurück nach vorn

Es bleibt

>   das Lächeln von gestern
>   der Schmerz von heute
>   die Hoffnung von morgen

die Freiheit

nicht nur
für die Zurückgebliebenen.

Kein Pardon

Verzeihe ich
meinen Feinden
bin ich ein guter
Christ heißt es
unter meinen Nächsten

verzeihe ich
meinen Feinden
aber nicht meinem Nächsten
wer bin ich dann
unter meinen Feinden.

Endgültiger Widerstand

Er leistete Widerstand
gegen jedermann
gegen sich selbst
verlor er
endgültig am Ende.

Sicherheiten

In einem unbekannten Raum
sammle ich wertvolle Wörter
bedecken sie alle Wände
bis zum Plafond
verschließe ich die Tür
und werfe den Schlüssel weit
ins graue Meer

so bleiben die Wörter auf ewig
geschützt vor Diebstahl
und sinnlosem Gebrauch
vor jedem

auch vor mir.

rechtslinks

gestern erst
verlor ich ein Auge
rechts manchmal links
wie gewünscht und nach Bedarf
bin ich heute schon
König unter den Blinden.

Future Zwo

Wenn ich würde
wie ich gewesen
sein könnte

bin ich schon geworden
wie ich nie
sein wollte.

Vergessener Staub

Hinter den Büchern
in den langen Regalen
hinter den langen Regalen
suchte ich

das Buch, das eine Buch

suchte ich
hinter den Büchern
in den langen Regalen
hinter den langen Regalen

fand ich nur Staub.

Auf dem Kopf stehend

Auf den Kopf
das Buch gedreht
lese ich bis zum Anfang

auf dem Kopf
stehend betrachte ich
die mächtigen Baumkronen

wie sollte ich nicht
die Welt auf den Kopf
stellen

auf den Kopf gestellt
erkenne ich endlich
meine eigene Größe.

Erinnerungen

ich gehe ins Meer
und schwimme nicht

ich lauf durch den Wald
und gehe nicht

ich fall in den Himmel
und fliege nicht

ich schließe die Türen
und werfe alle Schlüssel

ins dunkelste Blau.

Auf hoher See

tanzen
in stürmischer See lachen
gegen den Wind weinen
zur rechten Zeit wissen
den eigenen Kurs halten
für immer die Liebe
das Leben.

Weißer Hase

Das Summen der Flügel war nur schwer zu ertragen. Erst nachts, wenn das Licht gelöscht wurde, kehrte Stille ein. Leider war ihm erst viel zu spät diese Beeinträchtigung seiner Ruhe bewusst geworden. Dafür war das Leuchten ihres gelb-schwarzen Leibes im Sonnenlicht von einer schon fast schmerzhaften Erregung für ihn. Er quälte sich aus dem Sessel, um sie näher zu betrachten. Gegen das Licht sah man ihre feinen Haare flirren. Sie wurde ständig schöner.
Seit den betrüblichen Vorfällen vor zwei Monaten bewegte er sich immer weniger. Obwohl er fast nichts mehr zu sich nahm, hatte sich sein Gewicht unaufhörlich erhöht. Ohne ihre Nahrung wäre er wohl schon verhungert. Nie hätte er damals gedacht, daß sie ihm mit ihrem Nektar das Leben gerettet hatte.
Seine Lebenskatastrophe, wie er in seinen Berichten an die Hausbesorgerin Frau Hawla immer betonte, begann vor einem Vierteljahr, genauer vor drei Monaten und elf Tagen.
Sie waren zu dritt in der Oper gewesen. Sie gingen immer zu dritt aus, er, seine Mutter und Hilde, seine Gattin. Er konnte sich nicht erinnern, daß es schon einmal anders gewesen wäre. Bei seinen ersten Rendezvous als Jüngling hatte ihn die Anwesenheit seiner Mutter noch etwas gestört, aber sie konnte sehr charmant sein, und außerdem zahlte sie alles. Daß die Mädchen häufig wechselten, mit denen sie sich vor allem in Cafés mit Pianobegleitung trafen, störte sie beide nicht. Abwechslung muss sein, war ihr Motto. Hinterher wägten sie, bei einem letzten Likör in ihrer häuslichen Musik- und Kuschelecke, die Vorzüge und Nachteile des weiblichen Geschlechts in der heutigen Zeit ab. Leider überwogen meist die Nachteile, so daß sie sich schon auf das nächste Treffen mit einer ande-

ren Person freuen konnten. Seiner Mutter kam gottseidank niemand gleich. Wenn ihm wirklich eine der Damen gefiel, neckte ihn die Mutter mit seinem Geheimnis. »Vielleicht sollte ich ihr davon berichten, etwa beim nächsten Mal?«, und ihm stieg die Röte ins Gesicht. Niemand durfte von seiner Schwäche zu einem Hasen erfahren. Einen Meter und 65 Zentimeter war er groß, ganz aus weichem, weißem Kaninchenfell, und saß nachts am Fußende seines Bettes. Er hatte sich angewöhnt, vor dem Schlafen noch ein wenig mit ihm zu plaudern. Es waren nicht immer angenehme Gespräche, denn der Hase hatte in der Regel die gleichen Ansichten wie seine Mutter. Dann warf er ihm das Kissen so heftig an den Kopf, das er nach hinten stürzte. In der Nacht stand er dann auf und holte ihn zu sich. Seine hemmungslose Unbeherrschtheit hatte er natürlich nie bedauert, geschweige denn sich entschuldigt, weil es zum einen ja nur ein Stoffhase war und zum anderen er sich über den Opportunismus dieses Viehs seit seiner Kindheit geärgert hatte. Tief in seinem Inneren waren ihm seine jähen Ausbrüche peinlich. »Keine Contenance«, hätte seine Mutter gesagt.

Als er älter wurde, ihn seine Karriere im Staatsdienst immer höher führte, nahmen die Rendezvous ab und die gemeinsamen Vergnügungen wurden spärlicher, wie seine seidig-braunen Haare, auf die seine Mutter immer so stolz war.

In jener Zeit lernte er Hilde kennen. Der Kirchsprengel veranstaltete wie jedes Jahr sein Pfarrfest und Hilde stand an der Kuchentheke. Sie war eine stille Frau, Tochter einer Kriegerwitwe und stammte aus bescheidenen Verhältnissen.

»Arm, aber reinlich«, war der erste Kommentar von Mutter, und dabei hatten sie beide herzlich gelacht. Trotzdem hielt er an ihr fest, ja, er ging sogar soweit, daß er das erste Treffen mit ihr ohne seine Mutter wagte.

Es war sehr angenehm mit ihr, sie hatte eine eher dunkle Stimme

und konnte gut zuhören. Dumm war sie auch nicht, immerhin hatte sie bei den Englischen Fräulein das Abitur abgelegt. Zum Studium hatte dann wohl das Geld nicht gereicht. Sie lächelte ihn immer freundlich an, wenn er von den Plänen erzählte, die er sich in seinem Leben noch erfüllen wollte. Dann legte sie sanft ihre Hand auf die seine und sagte leise:« Walter».
Auch seine Mutter schien Gefallen an ihr zu finden. Zumindest war Hilde die erste Frau, die Eingang zu ihren gemeinsamen Abenden fand, wenn sie im Lichtkreis saßen, den die Lampe warf, und Rommé spielten. Er schrieb es Hildes Sensibilität zu, wenn sie bei Mutters beiläufigen Ermahnungen, sich doch zu konzentrieren, zusammenzuckte. Später fand er ihr stilles, langes Weinen nach solchen Abenden etwas übertrieben.
Hildes Mutter fand nie den Weg zu ihnen. Vielleicht hatten sie auch nur vergessen, sie einzuladen. Darüber gesprochen wurde nicht, auch nicht von Hilde.
Die Hochzeit war prächtig, wenn der Kreis auch eher klein war. Mutter schenkte Hilde ihre goldene Hochzeitsbrosche, und bat sie, doch Mutter zu ihr zu sagen. Leider brach Hilde der Verschluss beim Befestigen am schweren Stoff des Hochzeitskleides.
»Wenn das kein Omen ist«, sagte Mutter mit lauter Stimme.
Auch das Kleid war ein Geschenk seiner Familie. Tante Charlotte hatte es auf der Flucht gerettet. Am Saum war es etwas angesengt gewesen.
»Ach, das nähen wir einfach um, du bist ja sowieso nicht die Größte«, tröstete die Tante, als sie Hildes Blick sah.
Beim Eröffnungstanz trat er ihr ungeschickt auf das Kleid, das sofort einen hässlichen Riss bekam. Walter war nie ein begabter Tänzer gewesen.
»Bis zur nächsten Hochzeit kannst du es ja reparieren«, versuchte er sie aufzuheitern.
Es war überhaupt ein sehr fröhliches, harmonisches Fest, wenn auch Hildes nächste Verwandten leider nicht dabei waren. Auf

die anschließende Hochzeitsreise mussten sie bedauerlicherweise verzichten, obwohl Hilde sich eine Reise nach Capri inständig gewünscht hatte. Wichtige dienstliche Termine, die seine Anwesenheit im Amt dringend erforderlich machten, stünden diesmal fatalerweise im Wege, erklärte er ihr, aber später könne man ja alles nachholen.

Die erste Nacht mit ihr war grauenvoll. Als er sich ihr ungeschickt zu nähern versuchte, stürzte der weiße Hase vom Bett. Er versuchte die Situation zu retten und holte die Sektgläser aus der Küche. Dummerweise hatte seine Mutter vergessen, die Flasche in den Kühlschrank zu stellen, so daß beim Öffnen der Sekt zu schnell herausspritzte und sich über das Bett, die Wände und sie beide in einem heftigen Schwall ergoss. Als sie zu weinen begann, reichte er ihr hilflos sein Taschentuch und legte einen flotten Walzer auf. Später versuchte er, sie mit Anekdoten über ungeschickte Menschen zu erheitern. Leider ließen sich die geschickt angeordneten Knoten ihres Nachthemdes nicht lösen. Als sie ihn bat, sie endlich allein zu lassen, verließ er ohne ein Wort die Wohnung und ging zu seiner Mutter. Zum Glück wohnten sie auf einer Etage. Den Hasen nahm er mit.

Das Leben verlief von da an in ruhigen, geordneten Bahnen. Er wurde regelmäßig befördert, manchmal kamen auch lobende Einträge in seine Personalakte, fast so wie damals die Fleißpunkte im Klassenbuch seines verehrten Oberstudienrats Dr. Hans-Joachim Wohlleben.

Hilde kümmerte sich um den Haushalt und sein persönliches Wohlbefinden. Jeden ersten Sonntag im Monat brachte er ihr Blumen mit, meist waren es stark herabgesetzte langstielige Gerbera oder weiße Lilien, die die Verkäuferin des Blumengeschäfts am Nordfriedhof für ihn aufhob, wenn sie zu viel Dekoration für die Kränze bestellt hatte. Er bemühte sich überhaupt sehr um Hilde, wenn seine Mutter das auch übertrieben fand. Morgens las er ihr aus der Zeitung vor und abends berichtete er ihr getreulich allen Klatsch aus dem Büro. Nachts schliefen sie seit jener unseligen Nacht in getrennten Zimmern. Sie fühlte sich immer noch bedrängt von seinen weichen, behaarten Händen und dem immer leicht transpirierenden Körper, und ihm blieb die ungestörte Gelegenheit zur Zwiesprache mit seinem weißen Freund.

Ab und zu, wenn wieder einmal ein Abend zu dritt in den Räumen seiner Mutter besonders harmonisch verlaufen war, sie hörten bei solchen Gelegenheiten oft Musik von den neuesten Tanzplatten und tranken dabei Kirschlikör, versuchte er unerwartet und mannhaft sein eheliches Recht einzufordern, während sie noch die Nachtcreme einmassierte. Dabei lockte er sie mit der Hochzeitsreise, die noch ausstand, und war überhaupt voller Verständnis für ihre Kümmernisse. Aber sie warf ihm Grobheit vor und machte hässliche Bemerkungen über seine Mutter und ihn. Besonders infam und unsensibel fand er ihre Bemerkungen über die Affinität zu seinem Hasen. Dann ließ er sie am nächsten Tag einfach in ihrer Küche sitzen, wenn er aus dem Amt kam, und ging direkt zu seiner Mutter, um dort zu Abend zu essen. Bei ihr schmeckte es ihm sowieso besser.

»Du bist doch ein stattlicher Mann«, sagte seine Mutter und schüttelte nur den Kopf über 'diese Person'. Dabei führte sie als Zeuginnen ihre Brigdeschwestern und deren ältere Töchter an, die nur zu gern bereit gewesen wären, ihn zu erhören. Wenn er dann zu später Stunde, nach langen, verständnisvollen Gesprächen und etlichen Likören, über die Etage zu seiner Wohnung ging, seufzte er schwer und tappte über die dunkle Diele, ohne Licht zu machen, aus Rücksicht auf sie und um Anwürfe zu vermeiden. Die Tür zu seinem Zimmer schloss er hinter sich ab. Niemand durfte ihm jetzt böse Worte geben oder gar widersprechen. Der weiße Hase hatte es in solchen Nächten oft zu büßen. Er warf ihn nicht nur vom Bett, wie immer in solchen Fällen, sondern setzte ihn mit dem Gesicht zur Wand bis zum frühen Morgen. Da Walter in letzter Zeit öfters unter seinen depressiven Schüben litt, hatte er begonnen, dem Hasen die Pfoten zu fesseln oder ihm Haarnadeln von Hilde in den Kopf zu stecken. So wurde ihm etwas leichter und er fiel, nach Einnahme eines Pulvers, in einen tiefen Schlaf Überhaupt fand er, daß seine Frau bei weitem nicht mehr so reizvoll war wie zu Beginn ihrer Liebe. Sie vernachlässigte sich und ihn. Wann hatte sie zum Beispiel das letzte Mal ein neues Kleid getragen? Oder sich gedreht, damit er ihre modernen Strümpfe bewundern konnte? Dabei gab er ihr wahrhaftig genügend Taschengeld. Mutter hatte ihr oft genug angeboten, Kleider, die sie als junge Frau fast nie getragen hatte, für sie umarbeiten zu lassen, und Mutter kaufte nur in den besten Geschäften.

»Das bin ich meinem Stand schuldig«, sagte sie in solchen Fällen.

Aber Hilde mäkelte. Dabei huschte über ihre Gesichtszüge ein kleines, schmerzliches Lächeln, so daß er merken musste, wie sehr sie litt. So schlank wie früher war sie auch nicht mehr. Immer häufiger stopfte sie Unmengen an Süßigkeiten in sich hinein. Wenn er sie so ansah, wusste er nicht mehr, was sie einst so begehrenswert hatte erscheinen lassen.

Doch als sie an diesem Abend aus der Oper kamen, sah sie wieder so jung aus wie früher. Ihre Augen blitzten und das Kleid wehte frech hinter ihr her.

»Schau, wie schön sie ist«, flüsterte er seiner Mutter zu.

»Ja, mein Junge«, sagte sie, »nur schade, daß sie dir keine Kinder schenken kann.«

Dann hakte sie beide fröhlich unter und sagte: »Ach, Kinder, was für ein schöner Abend. So jung kommen wir nie mehr zusammen. Das müssen wir unbedingt noch bei einem Gläschen Schampus feiern!«

An diesem Abend wagte er zum ersten Mal in seinem Leben Widerstand. Sie standen zwischen beiden Türen und für Mutter gab es keinen Zweifel, daß man in ihrer Kuschelecke den Sekt öffnen würde. Sie schloss ihre Wohnung auf und ging hinein, ohne sich umzusehen.

Die Türen in diesem Haus waren dunkel geschnitzt, die Oberlichter aus Milchglas besaßen eine fein geätzte Ornamentik. Im Treppenhaus roch es nach Terpentinöl und Bohnerwachs.

Walter drehte sich langsam von dem schrägen Lichtschein, der durch die offene Wohnung nach draußen fiel, weg, seiner Frau zu und fasste ihre Hand. Über die Schulter sagte er: »Tut mir leid, Mutter, heute wird das nichts mehr.« Dabei drehte er sich weiter, stand mit dem Rücken, nun auch seiner Frau abgewandt, zum Licht, mit den Augen der Treppe nach oben folgend, ins Dunkle. Das Holz gab unter seinen Füßen mit einem langen Seufzer nach. Sie hielten sich an der Hand. Sie waren allein in diesem Treppenhaus, in diesem Teil der Dunkelheit, jeder für sich und doch verbunden. Sie hatten den gleichen Atem. Es war still um sie und die Zeit hatte ausgesetzt.

»Ich habe dich nicht verstanden, Walter. Warum kommt ihr nicht herein?«

»Das wird nichts mehr, Mutter.«

Er sprach zum Holz, dem Handlauf folgend, der oben im Nichts verschwand. Wieviel Jahre hatte sich das Geländer in seine Hand geschmiegt, wenn sie ihm nachrief, er solle auf sich achten und auf seine Kleidung.

»Das wird nichts mehr!«

Hildes Hand hielt ihn fest.

»Ist dir nicht gut, mein Junge?«

Ihr kühler Blick ruhte auf seinem Nacken. Sein Blut klopfte aufgeregt in der Schläfe.

»Wir werden heute allein bleiben, Mutter. Tut mir leid.«

Damit wandte er sich seiner Wohnung zu, öffnete, stürzte fast hinein und zog seine Frau hinter sich her. Die Tür schloss sich mit einem endgültigen Ton.

Beide atmeten sie schnell und heftig, als wären sie um ihr Leben gelaufen.

»Wir können jetzt alle Pläne schmieden, die wir wollen.« Hildes Augen glänzten.
»Ja, niemand wird uns mehr stören.«
Er hätte am liebsten laut aufgelacht und geschrien.
»Schalte das Licht nicht ein, wir wollen uns Kerzen anzünden. In der ganzen Wohnung sollen Kerzen brennen. Es soll warm werden. Nur dich will ich sehen!«
Aufgeregt riss sie die Schubladen auf. Geschenkpapier, bunte Bänder, Flaschengummis und Sicherheitsnadeln streuten auf den Boden. Eine Strähne hing ihr ins Gesicht. Mit einer fahrigen Handbewegung strich sie das Haar hinter das Ohr zurück. Vier rote Kerzen fand sie, zwei hatten schon verbrannte Dochte.
»Es sollen neue Kerzen sein, warum haben wir keine neuen Kerzen?!«
Walter holte aus dem Schrank die langen Schwedenhölzer, die sie sonst nur an Weihnachten benutzten. Zum Glück hatten sie noch eine Flasche süßen Tokaier, um auf ihren Sieg anzustoßen. Als er die Flasche öffnete, lief ein Teil des Weines über seine Hose. Hilde lief um Salz und unter gemeinsamen Lachen und Prusten rieb sie am Stoff, über sein Bein, über sein Geschlecht. Immer heftiger rieb sie an ihm und als sie sein Glied hervor holen wollte, kam er bereits in seine lange Unterhose. Sie hielt kurz inne und sah zu ihrem Mann hoch. Er hielt ihre Hand fest.
»Wir sollten noch etwas vernünftig sein. Zuerst werden wir unser neues Leben planen.«
Aus der Wohnung nebenan drang Bruckners Erste. Die getragenen Töne fielen wie ein schweres Tuch über ihn.
»Das hat Mutter auch gehört, als Vater starb. Sollten wir nicht?«
Hilde nahm die Hand von seinem Oberschenkel, langsam, in der Bewegung fast ersterbend.
»Hat sich dein Vater nicht oben unter dem Dach erhängt?«
»Nie!« Er schrie hinaus, wie er in seiner Kindheit oft geschrien hatte.

»Mein Vater war kein verdammter Feigling! Er hatte ein Unglück!«
»Man erzählt sich, daß er im Alter den kleinen Jungen zugeneigt war. Mein armer Walter.« Hilde lächelte ihn an. »Aber du kannst ja nichts dafür. Du hast ja deinen Hasen.«
Ihre Augen waren groß und hart.
Seine Hand schloss sich fest um den Griff des Korkenziehers aus Walnussholz.
»Halt endlich deinen verdammten Weibermund!«
»Warum hat er nur solche Flecken, dein Hase? Du solltest ihn waschen.«
Sie hatte sehr kleine, weiße Zähne. Sie leuchteten wie Perlmutt vor dem rosigen Gaumensegel, wenn sie lachte.
Der Bruckner wurde immer lauter.
Er sah ihr an, wie klebrig sie war. Alle Frauen waren so klebrig, er hatte es nur vergessen.
»Mein schöner Walter, weißt du, daß du deinem Hasen immer ähnlicher wirst? Ein winziger Schwanz und ab und zu Flecken im Fell!« Ein helles Kreischen kam aus ihrer Kehle.
Seine Hand mit dem Korkenzieher schlug fest zu. Sie lachte noch, als das Blut in einem Schwall aus ihrem Hals schoss. Er riss sie zu Boden und versuchte krampfhaft den Blutstrom mit den Händen zu stoppen.
»Hör auf, Hilde, bitte hör auf mit dem Blut. Ich werde mir Mühe geben, ganz bestimmt, und der Hase kommt weg. Ich spreche nie mehr mit ihm. Ich verspreche es dir!«
Sie war ganz still geworden. Die Wanduhr zerschnitt regelmäßig in gleichen Teilen die Zeit.
»Du bist ganz klebrig, Hilde.«
Dann ging er aus der Tür, hinüber zu der Musik von Bruckner, deren Fortissimo durch das ganze Haus klang.

*

Es war schwer, den Teppich zu reinigen.
»Am besten, wir werfen ihn weg«, schlug Walter vor.
»Niemals! Er war ein Geschenk meiner Eltern zu unserer Hochzeit.«
Sie hatten noch am gleichen Abend die Leiche in Walters Auto gepackt. Mutter war bei ihm geblieben, als er Hilde nach zwei Stunden Autofahrt in der Nähe ihres alten Urlaubsdomizils im Wald verborgen hatte, ziemlich genau an der Stelle, an der sie in alten Zeiten immer so viele wundervolle Pilze gefunden hatten. Mutter war auch in der Nacht bei ihm geblieben, als sie zurückgekehrt waren. Sie hatte ihn im Arm gewiegt, wie früher, wenn er etwas ausgefressen und nach seiner Beichte die gerechte Strafe mit dem Rohrstock empfangen hatte.
»Knie nieder«, hatte sie damals zu ihm gesagt und er hatte seine Strafe empfangen.
»Sünder sollen knien vor aller Welt, um sich zu läutern.«
Auch heute kniete er vor ihr und barg seinen Kopf in ihrem Schoß.
»Sie war so klebrig, Mutter.«
Ihre Hand strich zart über sein schütter gewordenes, seidigbraunes Haar.
»Du warst zu gut für sie, mein armer Walter, sie hatte dich nicht verdient.«
»Wir sollten eine Messe für sie lesen lassen.«
»Später, mein Walter, später.«
Beide seufzten.
Niemand vermisste Hilde. Fragen der Nachbarn wichen sie aus.
»Sie ist zu ihrer kranken Mutter gefahren.«
Zu Hildes Familie war der Kontakt schon lange abgerissen gewesen.
Der Hase war auf Anweisung seiner Mutter mit zu Hilde in den Teppich gewickelt worden. Walter sah sich außerstande, Widerstand zu leisten. Vielleicht war es ja besser so. Seine Mutter hatte immer gewusst, was gut für ihn war.

Das Leben war endlich wieder leichter geworden. Man trank den neuen Pfefferminzlikör, und das Theaterabonnement hatten sie auch verlängert. Es war fast so wie früher. Nur der Hase fehlte ihm.
Seiner Mutter blieb nichts verborgen. Als sie an einem milden Sommertag im Zoologischen Garten saßen, meinte sie: »Du brauchst einen Gefährten, Walter. Kein Stofftier mehr aus Kindertagen, aber was hältst du von einem Haustier?«
Walter reagierte eher zurückhaltend. Wer sollte mit dem Tier hinausgehen, wenn er abends länger im Amt blieb, denn es kam ja nur ein Hund oder ähnliches in Betracht. Vor Katzen fürchtete er sich. Außerdem hatten sie zu viel Ähnlichkeit mit Frauen, launisch, eitel und wenn man sie brauchte, versteckten sie sich.
Katzen waren klebrig, beschloss er.
»Lass mich nur machen, Walter«, beruhigte sie ihn, »du vertraust mir doch sonst auch.«
Walter schlief wieder allein. Eine Woche nach »diesem Unglück«, wie sie es nannten, hatte sie ihn wieder in seine Wohnung zurück geschickt.
»Du kannst nicht mehr bei mir bleiben, Walter. Ich brauche meine Wohnung für mich allein.«
Am Anfang träumte er oft von Hilde. Er hatte immer das Gefühl, sie stünde neben seinem Bett und sehe ihn an mit ihren dunklen Augen. Manchmal lachte sie auch mit ihren kleinen Zähnen, während ihr das Blut über die Brust lief. Dann schrie er laut auf und erwachte schweißgebadet. Im Bad bürstet er sich seine Hände, um endlich das Blut zu entfernen. Er sehnte sich nach seinem weißen Hasen.
In dieser Zeit hatte er begonnen, sich zu vernachlässigen. Er wusch sich nur noch sporadisch und blieb immer öfter ganze Tage zuhause. Im Amt liefen die Gerüchte durch die Flure und wohlmeinende Kolleginnen fragten, ob man ihm helfen könnte. Nach seiner Frau fragte niemand. Man ging davon aus, daß sie

sich nicht genügend um ihren Mann kümmerte. Das Mitleid der Frauen wiegte ihn sanft durch die Tage.
Eines Tages brachte seine Mutter einen großen Pappkarton in seine Wohnung.
»Nun hilf mir doch mal, Walter.«
Er lag auf dem Sofa und hatte nicht auf ihr Klingeln reagiert. Zum Glück hatte sie einen Schlüssel.
»Was soll das schon wieder sein, Mutter? Lass mich doch endlich in Ruhe, ich muss nachdenken.«
In seiner Einsamkeit hatte er nicht nur in der Hygiene nachgelassen.
»Nun pack doch mal aus, Walter, aber sei vorsichtig.«
Aus der Kiste kamen zarte, schabende Geräusche. Mit seinem Taschenmesser öffnete er die Klebestellen der Verpackung. Als er die Seitenwände abhob, leuchtete ihm ein Schwarz, ein Gelb in regelmäßigen Streifen entgegen. Je weiter er den Karton öffnete, desto größer schien das Wesen zu sein. Fragile, milchweiße Flügel öffneten sich und lange Tentakel tanzten über den Rand. Große Facettenaugen sahen ihn an. Kühl und nüchtern wurde er gemustert. Es war der gleiche Blick, mit dem ihn seine Mutter betrachtete, wenn sie sich unbeobachtet glaubte.
Nun entfernte Walter in Eile den Rest der Verpackung. Mit vorsichtigen, staksenden Bewegungen der dünnen Beine setzte sich eine Biene, so lang wie sein Unterarm, hinter ihn auf die Sessellehne und glättete ihre Flügel. Dabei summte sie in einem gleichmäßigen Ton in sein Ohr.
»Sie ist wunderschön, Mutter.«
Ein zarter Rüssel löste sich von ihrem Kopf und näherte sich seinem Gesicht. Er öffnete den Mund und die Biene schoss ihm in einem dünnen Strahl süßen Nektar direkt in seine Kehle. Walter schluckte in hektischen Wellen die Flüssigkeit hinunter. Ihr Körper hatte tausende flimmernde Härchen gegen das Licht.
»Jetzt wirst du nie mehr allein sein, Walter.«

»Und verhungern muss ich auch nicht«, lachte er laut auf, »wo hast du sie nur her?«

»Erinnerst du dich an unseren Besuch im Zoologischen Garten? Ich kenne da einen Mann, dem Vater einmal sehr behilflich war. Er war uns noch einen Gefallen schuldig.«

Als Mutter nach einem wirklich gemütlichen Abend wieder in ihre Wohnung gegangen war, holte er sich Meyers Konversationslexikon, Band A bis D, eine Ausgabe von 1859 in Leder gebunden mit Seidenpapier zwischen den einzelnen Seiten, eines der wenigen Dinge, die er von seinem Vater geerbt hatte. Dem umfangreichen Text entnahm er, daß es zum einen wahrscheinlich eine Königin war, und sie zum anderen zu einer ganz seltenen Spezies der afrikanischen Killerbienen gehörte, von deren Existenz es bisher nur Gerüchte, aber nie Beweise gegeben hatte. Gleich morgen würde er Gelee Royal für seine neue Freundin besorgen. Dann wollte er noch in die Staatsbibliothek, um sich weitere Informationen zu holen.

Er war glücklich, daß seine Mutter ihm keinen kläffenden Hund oder gar eine Katze geschenkt hatte, die ständig ihren Kopf an ihm reiben wollte. Ein Raubtier, zahm, aber doch gefährlich, das keinen Kot hinterließ und mit dem man nicht nachts auf die Straße musste, passte zu ihm. Er würde versuchen, behutsam mit ihr in Kontakt zu treten. Diese Tiere waren sehr klug und wurden laut Lexikon schon bei den alten Ägyptern verehrt. Vorsichtig streckte er die Hand nach hinten aus und ließ sie sanft über ihren Rücken gleiten.

Seit er im Besitz dieses schönen Tieres war, hatte sein Leben einen neuen Sinn erhalten. Er begann wieder mehr auf sich zu achten, ging regelmäßig zum Schwimmen und versäumte nur noch selten einen Arbeitstag. Sein Chef erwähnte ihn einmal lobend in der Abteilungsleiterrunde, und eine Kollegin fragte ihn im Vertrauen, ob er eine neue Beziehung habe. Diese Frauen waren alle gleich. Sie ahnten sofort, wenn sich etwas verändert hatte. Nur zogen sie mit ihrer sogenannten weiblichen Intuition

allezeit die falschen Schlüsse. Stets witterten sie, immer gemeinsam mit ihren Geschlechtsgenossinnen, irgendein sexuelles Abenteuer. Mit Penetranz stellten sie Fragen und Vermutungen, bis sie glaubten, irgendeine geschlechtliche Verwicklung entdeckt zu haben. Und je perverser ihre Phantasie war, desto eher transportierten sie ihre eigene Lüsternheit auf ihn. Er war froh, daß er nun allein leben konnte.
Wenn er abends nach Hause kam, läutete er stets zuerst an der Nachbartür. Bedauerlicherweise zog sich seine Mutter jedes Mal mehr von ihm zurück. Mal schützte sie Kopfschmerzen vor, mal hatte sie einen Brigdeabend oder ähnliches. Neulich glaubte er sogar, eine männliche Stimme aus ihrer Wohnung gehört zu haben. Als er sie darauf ansprach, lachte sie laut und strich verlegen über ihr Haar.
»Was du dir alles einbildest«, wich sie ihm dabei aus.
Dann lachte Walter mit, nahm sie in den Arm und tanzte mit ihr einige Walzerschritte.
»Aber Walter, ich bin eine alte Frau«, wehrte sie ab.
Er hätte sich auch nicht vorstellen können, daß seine kühle, saubere Mutter irgendeines von diesen schmutzigen Dingen hätte tun können. Als er dann am späten Abend in seinem Sessel saß, die Biene hinter ihm auf der Lehne, erzählte er ihr von den vermuteten Abenteuern seiner Mutter. Das Tier stellte für kurze Zeit das beständige Vibrieren der zarten Flügel ein und verhielt sich ganz ruhig. In diesem Moment wusste er, daß sie ihn verstand. Vor Glück traten ihm die Tränen in die Augen, und seit dem Tod seines Vaters verlor er zum ersten Mal die Beherrschung. Er weinte und schluchzte in das Tuch mit seinen Initialen, das er jeden Tag frisch in seine Tasche gesteckt hatte. Sanft strichen die Flügel der Biene über seine Wange. Er war endlich zu Hause angekommen. Danach fühlte er sich sehr erfrischt.
Am nächsten Tag beschloss er, sich neue Kleidung, Hemden, Krawatten, Leibwäsche, vielleicht auch einen neuen Anzug in der Innenstadt zu kaufen. Es wurde Zeit, daß er an sich selbst

dachte. Viel zu lang hatte er sich gehen lassen. Das sollte nun anders werden. Sein Leben hatte endlich wieder einen Sinn erhalten. Seine Haltung wurde straffer und sein Schritt fester. Er war zwei Stunden früher aus dem Amt gegangen, um Zeit für alle seine Wege zu haben. Nach einigen Einkäufen setzte er sich in ein Café, daß er bis jetzt noch nie besucht hatte.
Als sein Blick über den Zeitungsrand auf den Tisch in der Nische fiel, sah er die Rücken eines schon älteren Paares, das sich auffällig gut verstand. Typisch fand er das laute Girren der weiblichen Stimme, wenn sie dem Mann antwortete. Als er den Weg zu den Toiletten nahm, sah er mit einem Seitenblick hinüber. Die Dame hatte ihre Hand auf den Schenkel des Mannes gelegt, ihr Mund war leicht geöffnet, Speicheltröpfchen benetzten ihre Lippen. Ihr Blick hatte diese Starre, die Frauen kurz vor der geschlechtlichen Erfüllung zu bekommen pflegen. Er hatte das Gefühl, das eine kalte Hand ihn in einen festen Würgegriff nahm. Es war seine Mutter, die dort saß und ungeniert nach dem Mann griff.
Der Kaffee stieg ihm die Speiseröhre hoch und er floh zur Toilette. Dort beugte er sich über die Schüssel und erbrach sich. Er glaubte, alles, was er je zu sich genommen hatte, in dieses Klosett zu kotzen. Er fühlte sich ekelhaft, wie die ganze Situation ekelhaft war. Er spülte sich den Mund am Waschbecken und wusch sich Gesicht und Hände unter kaltem Wasser. Dann trocknete er sich mit starren Papierhandtüchern aus einem Automaten ab. Im Spiegel sah er seine grünen Augen hellgesprenkelt in der fahlen, fleckigen Haut.
Er bezahlte bei der Bedienung an der Theke. Auch sie roch stark nach Moschus von irgendeinem dieser billigen Parfüme. Mit abgewandtem Gesicht floh er aus dem Café.
Wie er nach Hause gekommen war, wusste er nicht mehr. Sein Tier starrte ihn mit kalten, großen Facettenaugen an und wandte sich dann dem Futter zu, daß er ihr sorgfältig zubereitet hatte. Walter setzte sich in seinen Sessel und studierte ei-

nige Fachbücher über Insekten, die er sich aus einer Bibliothek besorgt hatte. Besonders nach Duft- und Lockstoffen suchte er systematisch. Am späten Abend hatte er die Lösung gefunden, die ihm endlich Ruhe bringen sollte.

Die nächsten Tage verbrachte er mit der Vorbereitung seines Planes. Er besuchte Drogerien, Parfümerien und hatte ein langes Gespräch mit einem Chemiker. Ins Amt ging er nicht mehr. Er wollte überhaupt nach Abschluss seiner Pläne nie mehr irgendwo hingehen müssen. In diesen Räumen hatte er mit seinem geliebten Tier seinen Frieden gefunden. Ein hässlicher Fleck störte noch sein Leben, aber mit Geduld und findigem Geist würde auch dieser Makel bald verschwunden sein.

Am Wochenende lud er seine Mutter zum Essen ein. Sie zögerte etwas, aber er bestand darauf.

»Du musst dir wieder einmal Zeit für uns nehmen. Du kannst nicht immer zu Hause sitzen, als wärst du schon hundert. Außerdem habe ich ein Recht auf dich. Schließlich bin ich dein Sohn.«

Er hatte im Hotel »Excelsior« einen Tisch bestellt. Als Vater noch lebte, hatten seine Eltern öfters dort gespeist und nach seinem Tod hatte er dessen Part übernommen.

»Du bist jetzt mein Kavalier«, hatte Mutter damals gelacht, und wenn es ans Bezahlen ging, hatte sie ihm unter dem Tisch einige Geldscheine zugesteckt.

Sie hatten tatsächlich denselben Tisch wie früher, der Oberkellner kannte sie noch und sie amüsierten sich wie schon lange nicht mehr. Mutters Augen glänzten vor Vergnügen und manchmal war sie direkt ein wenig kokett. Auch diesmal steckte sie ihm Geld zu und er nahm es wie selbstverständlich, um die Rechnung zu zahlen. Sein Trinkgeld war wie immer zu niedrig, aber Mutter hatte stets zu ihm gesagt: »Man darf das Personal nicht zu sehr verwöhnen.«

Er kaufte ihr dafür von dem Rest des Geldes von einem dunkelhäutigen Blumenverkäufer, der an ihren Tisch trat, einen Arm voll samtweicher Rosen.

»Ach Walter, wenn nur alle Männer so wären wie du, mein Sohn.«

Harmonie und innerer Friede begleiteten sie, als sie noch ein paar Schritte am Fluss gingen und den Lastkähnen hinter her schauten. Dann nahmen sie ein Taxi nach Hause.

»Ich habe noch eine Überraschung für dich, Mutter«, sagte er, als er ihr aus dem Wagen half.

»Ach Junge, du machst mich ganz verlegen. Du verwöhnst mich wie früher dein Vater.«

Dann lachten sie gemeinsam über die Fußgänger, die vor dem rasant wegfahrenden Taxi beiseite springen mussten. Als sie oben waren, bestand er darauf, den Sekt diesmal in seiner Wohnung zu nehmen. Sie sah sich neugierig um. Seit jener unseligen Nacht war sie nicht mehr bei ihm gewesen. Er hatte alles ein wenig verkommen lassen.

»Du brauchst eine Frau, mein Junge, die dir ein wenig zur Hand geht«, stellte sie fest. »Dann bist du nachts auch nicht mehr allein, du weißt schon.« Dabei strich sie mit der Zungenspitze über ihre leicht verschmierten Lippen.

Walter ging nach nebenan, um die Überraschung zu holen. Als er zurückkam, saß Mutter in seinem Sessel und das Tier krallte sich hinter ihr an der Lehne fest. Triumphierend hielt er einen schön geschliffenen Flacon in die Höhe. In seinem Inneren schwamm eine zartrosa Flüssigkeit.

»Walter, was ist das für ein schöner Gedanke! Was ist darin?«

»Für die schönste Frau der Welt«, strahlte er und öffnete den Glaszylinder, »den schönsten Duft dieser Welt. Alle Rosen dieses Sommers sind für dich darin eingefangen!«

Mit weit geöffneten Händen nahm sie den Flacon entgegen und senkte ihr Gesicht über die Flasche.

»Welch ein Duft, Walter«, seufzte sie. Dann schüttete sie etwas von der Flüssigkeit in die hohle Hand, atmete tief ein und strich über die zarte blaue Linie an ihren Handgelenken und die sanfte Biegung hinter den Ohren.

»Das ist der schönste Tag in meinem Leben«, seufzte sie. Walter lachte glücklich auf. Das Tier stellte seine Flügel steil in die Höhe und vibrierte wie noch nie vorher. Es krümmte den großen, hässlichen Hinterleib und richtete den starren Blick auf den Hals seiner Mutter. Mit einer blitzschnellen Bewegung hieb es seinen Stachel tief in das Fleisch der Frau. Alle verharrten sie sekundenlang in ihrer Bewegung wie erfroren. Mit einem leichten Atemhauch löste sich die Hand von der Flasche, die zu Boden glitt. Das Parfüm versickerte in dem alten Teppich. Er wusste, daß es keine Flecken gab. Der Leib der Biene löste sich aus seiner Verkrampfung und streckte sich. Dann kam ein tiefer Friede über ihn und seine schöne Geliebte. Ehe Walter in dieser Nacht zu Bett ging, trank er von ihrem Rüssel. Er liebte sie, ihre Empfindsamkeit, aber auch ihre Wehrhaftigkeit. Sie war seine schöne Liebe, sauber, klar und beständig. Er hatte sein Lebensziel gefunden. An seinem Kinn klebte noch ein süßer Tropfen. Das Leben war schön.

Der Fremde

Nichts scheint mir fremder
als ich selbst
und doch spreche ich täglich

mit mir eng vertraut
seit langem schon
sind wir uns fremd
von Anfang an.

Irrtum

Er glaubte stets
an die Liebe
die ihn begleitet
als er sich umdrehte
erkannte er
seinen Irrtum.

Gegenseitige Versicherung

Sie waren so fest verwachsen
miteinander
dass nichts sie trennen konnte
auch nicht der gegenseitige Tod.

Fünfzehn Uhr

Bis fünfzehn Uhr
blieb alles stumm

es war nicht heiß
es war nicht kalt
nicht hell
nicht dunkel

um fünfzehn Uhr

zerfiel der Sinn
das Warten
auf das Nichts zerbrach
in tausend kleine Stücke

es war nicht heiß
es war nicht kalt
nicht hell
nicht dunkel

ab fünfzehn Uhr
war alles still.

Gefühlte Nähe

Am nächsten
bin ich mir
dir bin ich näher

an manchen Tagen
kommen er sie es
mir nahe

näher
als mir lieb ist
bleib ich fern

in meiner Fremde
bis ich mir selbst
zu nah gekommen.

Innige Verbindung

Sie hielten sich fest
an beiden Händen
um nicht los
zuschlagen auf ihre Köpfe.

Morgenröte

Als das kleine Lächeln
durch die Straßen lief

von Mund
zu Mund

wurde der Morgen
eine Stunde heller.

Tanz

Ihr Arm so weich
umfängt mich zart
hält, streichelt
liebt, quält
tötet
stirbt mit mir

ihr Arm so weich.

Wolkenlied

Drei Töne blieben
von einem Lied

ein Augenblick
ein Atemzug
ein Herzschlag

die Sonne vom Berg
die tanzende Wolke
über mir

nichts bleibt am Ende
des Weges.

Tägliche Befürchtungen

Die Angst
vergessen zu werden
war für ihn größer
als die Angst
zu leben.

Zeit der Kirschen

Als alle Kirschen
so schwarz und süß
wie die Sonne
so dunkel

fand ich das Licht
in ihrem Haar.

Übersicht

Immer hatte sie alles
im Blick den eigenen Mann

die beste Freundin
die anderen Frauen
die anderen Männer

den Einen am Nachbartisch
hatte sie scheinbar vergessen
wie sich selbst.

Frau

Je vertrockneter die Blumen
desto frischer schien ihr
die Liebe
am Ende.

Konsequent

Nachdem sie
632 Tage und sieben Stunden
mit dem Prinzen zusammen lebte
warf sie ihn
noch einmal
gegen die Wand

mit den Folgen
hatte sie nicht gerechnet.

SommerZeit

Der Sommer läuft
wie roter Pfirsichsaft
so sanft und zäh

an uns hinab
es schwebt ein Blatt
als wäre es bald Herbst

die Zeit steht
still und zitternd
in der warmen Luft

ein Apfel fällt
es bellt ein Hund
sehr kurz und unentschlossen

die kleine Wolke
ist so schwerelos und wirft auf uns
den großen Schatten

der erste Nebel zieht vorbei
wie zarter Mousselin
ist dann der Duft

der SommerZeit
ganz unbemerkt
davon geflogen.

Neue Blüten

Olga Jakunosch betrat die Zweigstelle ihrer Bank pünktlich am 3. Februar um elf Uhr dreißig. Es war ein Montag, und der Hauptschwung der Kunden am Wochenanfang war schon vorüber. Olga war das bekannt. Sie legte Wert auf Ordnung und Regelmäßigkeit. Sie fand es beruhigend zu wissen, daß an jedem Dritten des Monats sie die Bank betreten würde, derselbe Bankbeamte ihren Scheck entgegen nahm und ihre Unterschrift verglich, als ob er sie noch nie gesehen hätte. Ordnung musste sein, wo käme man sonst hin in dieser unruhigen Welt. Auch in ihrem Heim war alles an seinem Platz. Manchmal war sie ein wenig stolz darauf.
»Sie sind Olga Jakunosch?«
Sie schrak hoch. Ein fremder Kassierer lächelte sie freundlich an. Sie registrierte dunkle Haare, ein schmales, jung wirkendes Gesicht mit schattigem Bartwuchs und ruhigen Augen. Sie sah keinen Ring am Finger.
»Ja«, sagte Olga, »ja, das bin ich.«
Sie steckte sich eine Haarsträhne fest. Dann schnappte sie mit dem Verschluss ihrer Tasche, um noch einmal zu sagen: »Ja, ich habe auch.«
»Würden Sie bitte unterschreiben, hier bei der Linie.«
Er musste sie für einen Trottel halten, sie benahm sich ja auch so. Sie suchte nach einem Stift in ihrer Tasche und errötete, als ihr der angebundene Kugelschreiber über den Tisch zugeschoben wurde. Beim Verstauen des Geldes fielen ihr die Münzen zu Boden. Sie bückte sich hastig, ungeschickt, mit geschlossenen Knien und suchte mit der flachen Hand über den Marmor. Sie hielt die Augen gesenkt und wusste, daß alle ihr zuschauten, die Kunden, die Angestellten und wahrscheinlich schoben sich die Kassierer über ihren Zahlteller, um keine

Einzelheit zu verpassen. Sie verließ die Bank schnell und ohne ein Wort.

Olga Jakunosch war keine junge Frau mehr. Sie nannte ihr Alter näher an den fünfzig Jahren und Freunde schätzten sie Mitte sechzig. Sie besaß eine Zweieinhalb-Zimmerwohnung, etliche Blattpflanzen, zwei echte Radierungen an der Wand und einen Mann, dem sie abends aus dem Mantel half, bevor er vor dem Fernseher versank.
Olga führte ein geregeltes Leben. Sie wusste, wann ihre Vorräte zu Ende gingen und wann der Boden gesaugt werden musste. Sie putzte alle drei Wochen ihre Fenster zur Straßenseite und alle drei Wochen die Scheiben, die zum Hinterhof gingen. Sie wusste, was sie der Nachbarschaft schuldig war. Die Erinnerung an ihre Jugend lag in alten Fotoalben begraben, in denen zu blättern sie seit Jahren vergessen hatte. Es gab wichtigere Sachen im Leben.
Sie füllte die Blumenkanne mit frischem Wasser. Der Hibiskus am Fenster hatte frische Blüten bekommen.
Sie ging am 5. Februar zu Bank.

»Guten Tag, Frau Jakunosch!«
Er kannte sie.
Er hatte ihren Namen nicht vergessen. Er hatte sie erst einmal gesehen!
Olga kramte in ihrer Tasche, suchte alte Kontoauszüge heraus, ließ sich erklären, neue Auszüge drucken. Olga lernte das Bankgeschäft.
Der Kassenraum begann zu wachsen, wurde weiter, heller, viel heller, der junge Mann mit den ruhigen Augen und den dunklen Schatten auf den Wangen half ihr, die komplizierten Seiten der Diskontabteilung auf eine intellektuelle Art zu erklären, die sie um Jahre verjüngte.
Die Schlange hinter ihr wurde immer länger. Als sie es gewahr

wurde, lief ihr die Röte übers Gesicht. Der Beamte lächelte freundlich. Sie errötete noch mehr.
»Wenn Sie noch Fragen haben, Frau Jakunosch, kommen Sie nur zu mir.«
»Zu mir«, hatte er gesagt, und sie hatte seine Stimme genau gespürt, spürte sie jetzt noch, hinten zwischen den Wirbeln, den Rücken hinauf. Olga hatte nicht ohne Grund die Erinnerung früher Jahre zwischen alte Fotoalben gepresst.
Sie rief sich zur Ordnung. Vielleicht sollte sie jetzt die Wohnung saugen oder die Einkäufe der nächsten Woche bedenken. Sie könnte auch wieder zum Friseur gehen, obwohl erst zwei Wochen verstrichen waren, seit sie bei diesem unsäglichen Haarschneider ihr Geld und ihre Zeit vertan hatte. Seit Jahren erfuhr sie dort die gleichen Geschichten und las die gleichen Zeitungen. Es schien, als hätte sie den größten Teil ihres Lebens dort zugebracht.
Olga nahm das Telefonbuch, fand die Nummer eines bekannten Coiffeurs und machte gleich einen Termin fest. Dann ging sie zum Metzger zwei Straßen weiter, kaufte sich 150 Gramm doppeltgeräucherte Kalbsleberwurst und aß sie mit einem Toast auf einen Sitz auf. Danach trank sie einen Kräuterlikör, den ihr Mann abends zu sich nahm - vor den Kultursendungen. Nach einer Stunde öffnete sie die Geldbörse, die ihr Schmugeld enthielt. Es war mehr, als sie dachte.

»Frau Jakunosch!«
Seine Stimme vibrierte direkt über ihrem Magen.
»Jetzt hätte ich Sie fast nicht erkannt.«
Sie hatte sich den neuen Pelzkragen über den Mantel gelegt. Wann kam sie schon dazu? Nur an Allerheiligen und dann nur für die Toten.
Olga Jakunosch legte behutsam den Granatschmuck im Saffianetui auf den Tisch.
»Er ist bei mir nicht sicher, in diesen Zeiten.«

»Sie werden mir doch helfen?«
Es war der 7. Februar, es war neun Uhr dreißig und sie stand fast allein in der Kassenhalle. Die Schritte eines Kunden hallten von der Decke wieder.
Daheim auf dem Tischtuch hatte der Schmuck fast schäbig gewirkt. Sie war froh, daß der Mantel aus gutem Tuch war, da sah man die Jahre nicht so schnell.
»Wenn Sie mir in den Kundenraum folgen würden?«
Das Bild des Mannes löste sich vom Glas, lächelnd, umfassend. Olga ging ihm nach, sah seinen Nacken und folgte dem Duft dezenten Rasierwassers. Als ein weiterer Angestellter der Bank die schwere Safetür öffnete, und der Kassierer direkt vor ihr ging, schlug ihr das Herz im Hals.
»Sie werden noch einmal auf einen Betrüger hereinfallen«, hatte er gelächelt.
Sie fasste sich ins Haar.
»Wo bekommt man noch außerhalb der offiziellen Kassenstunden einen Rat direkt vom Fachmann?«
Olga drehte sich, gewandt, stieg vor ihm die Treppen hoch und genoß die Aufmerksamkeiten. Als sie sich verabschiedeten, begleitete er sie bis zur Tür und lud sie, hastig, als könnte er sie unter den Menschen auf der Straße verlieren, für den Nachmittag in ein Café ein, »alles sehr bürgerlich und in allen Ehren, versteht sich.« Sie hatte nur mit dem Kopf genickt und war schnell hinausgetreten.
Olga fand keinen direkten Weg nach Hause.
»Ich muss noch für das Essen einkaufen«, dachte sie und erstand in einer Boutique einen zartgrünen Schal mit gelben Streifen, »original chinesisches Material, wo findet man das heute noch?«, hatte ihr das junge Mädchen gesagt. Sie schlang das Tuch locker über den Mantel und alle lächelten ihr zu. Es gab so viele elegante Herren. Ihr Schritt wurde länger. Daheim legte sie sich auf das Sofa und blätterte konzentriert in einer Modezeitschrift. Dann rührte sie heftig eine Mandelcreme und schob

sie in den Kühlschrank. Als es Zeit wurde zu gehen, öffnete sie eine tiefgefrorene Vorratspackung, schilderte in einem Brief an ihren Mann eindrucksvoll die Nöte einer armen Freundin, der sie heute beistehen musste und fuhr zu ihrem Rendezvous - in allen Ehren versteht sich. In ihrer Manteltasche ruhte zierlich verpackt ein golddoubliertes Feuerzeug. Hoffentlich rauchte er.

Am 10. Februar, einem Montag, ging Olga Jakunosch mit ihrem Mann um sieben Uhr dreißig aus dem Haus. Ihre Freundin brauchte immer noch ihre Hilfe.
»Die Ärmste«, hatte ihr Mann gesagt und Grüße ausgerichtet, »unbekannterweise«. An der Straßenbahn trennten sie sich.
Olga ging in eine Bäckerei, stand im Duft des frischen Gebäcks zwischen schwatzenden Schülerinnen und eiligen Angestellten und trank in einer Ecke eine Tasse Kaffee. Mit einer warmen Zuckerschnecke in der Hand, im Mund, bummelte sie an geschlossenen Kaufhäusern vorbei, blieb stehen und musterte besonders kritisch die Auslagen eines Herrenmodegeschäftes. Die Sonne brachte trügerische Frühlingswärme. Der Schnee war ausgeblieben in diesem Jahr. Bald würden die Krokusse blühen. Um halb neun Uhr sah sie in der Spiegelung eines Schaufensters die Angestellten der Bankfiliale einzeln durch die Nebentür hineingehen. Der junge Mann kam als Letzter. Olga drückte fest die Tasche mit der Stromrechnung an sich, die in einer Woche fällig war. Dann drehte sie sich weg.

Am Bahnhof bestieg sie einen Nahverkehrszug zu einem der vielen Seen in der Nähe. Sie stieg als Einzige aus. Auf dem Gegenbahnsteig standen Pendler und Hausfrauen mit großen Taschen in einer Traube. Olga folgten viele Blicke auf ihrem Weg zum Vorplatz.
Es gab ein Lebensmittelgeschäft, einen Zigarrenladen mit Zeitungen und Andenken und zwei Gasthöfe, einen direkt neben der Kirche. Olga ging über den Friedhof, dachte über die Pro-

bleme ihrer Freundin nach, die sie ihrem Mann heute Nacht erzählen wollte und las die Namen auf den Steinen.
An einem Grab stand Olga Janusch, gestorben 1812.
Sie hätte gern das Unkraut gejätet, und als sie sich schon bückte, erschrak sie über sich und lief durch die kleine Tür hinaus. Olga ging am See bis zum nächsten Dorf. Manchmal redete sie laut, als ginge sie zu zweit. Später holte sie sich auf einer Bank einen nassen Rock, aß in einer verräucherten Gaststube zu Mittag und betrachtete die ersten Knospen vor dem Fenster. Olga fuhr pünktlich in die Stadt zurück und kaufte auf dem Markt Gemüse und Zwiebeln. Eine Viertelstunde vor Schließung der Bank legte sie den Zahlschein auf den Kassenteller. Er bat um eine Sekunde Geduld und reichte ihr dann die Quittung mit dem Wechselgeld. Als sie den Kassenbeleg umdrehte, stand auf der Rückseite: »Sie haben das Feuer entzündet, Olga!«

Olga hatte in der Nacht laut geweint. Sie träumte vom Tod ihrer Mutter; als der Sarg hinabgelassen wurde, sah sie den Pfarrer hinter dem Grab und erkannte in ihm den jungen Kassierer der Bank. Ihr Mann hatte sie am Morgen besorgt angeschaut und versprochen, pünktlich, wenn nicht sogar früher nach Hause zu kommen. Olga ging mit einer Semmel wieder ins Bett, machte einen Kaffeefleck auf das Laken und las das Vermischte mit allen Kleinanzeigen. Sie wusch sich die Haare, rief die Telefonnummer einer Anzeige an und putzte dann heftig alle Fenster in der Wohnung. Es sah nach Regen aus.
Es würde alles anders werden. Welch ein Glück, daß sie nicht erst als alte Frau dahintergekommen war, wieviel Jahre sie ihrem Haushalt geopfert hatte. Olga pfiff einen Schlager und schlenkerte mit den Hüften am Schrankspiegel vorbei. In dieser Nacht war sie ihrem Mann eine junge Geliebte. Am Morgen schaute sie ihm andächtig beim Rasieren zu und erzählte ihm, daß sie für beide eine Anmeldung in der Tanzschule unterschrieben hatte.

»Der Begriff ›Seniorenkurs‹ ist natürlich etwas irreführend.«
Fast hätte er sich geschnitten. Als er aus dem Haus war, rief sie
bei der Bank an und verabredete sich vor dem Stadtmuseum.
Olga beendete für heute die Hausarbeit und legte sich wieder ins
Bett. Das neue Leben hatte seine ausgesprochen angenehmen
Seiten.

Die erste Tanzstunde war ein voller Erfolg. In der ersten halben Stunde rief man Erinnerungen wach an vergessene Tänze und in der zweiten an altes Herzklopfen, als man die Partner tauschte. Es war wie in der Schule: stieg einem der Terpentingeruch der geölten Böden in die Nase, bekam man sofort ein schlechtes Gewissen. Das aufmunternde, rhythmische Klatschen des Tanzlehrers spornte Olga zu wiegenden Schritten an, diagonal eroberte sie das Parkett und den Charme eines Großhändlers. Ihr Mann stolperte leider immer noch über seine Füße, dafür machte er eine gute Figur in seinem kaffeebraunen Anzug. Olga genoß und war großzügig. Dabei lächelte sie verhalten und etwas rätselhaft. Die Spiegel an den Wänden zeigten ihr Lächeln zehnfach.

An diesem Abend versagte sich Olga ihrem Mann. Der erste scheue Kuss des Kassierers und der Atem des Großhändlers in ihrem Haar waren für einen Tag genug an Intimitäten. Um sich abzulenken, überlegte sie sich den Einkaufszettel des nächsten Tages. Dabei spürte sie das lächelnde Gesicht des jungen Mannes und seine schüchternen Hände auf ihrem Leib. Sie würde ihm morgen eine neue Krawatte kaufen. Olga wollte sich mit ihm zum Tanzkaffee treffen. Ein gepflegter Eindruck war immer wichtig, besonders in dieser Umgebung.
Es war der letzte Freitag im Februar. Über Nacht hatte es Frost gegeben. Olga suchte ihrem Mann die Pelzmütze und drückte sie ihm auf den Kopf.
»Kannst Du Dich noch an die Handschuhe erinnern, die Du in

unserem ersten Winter getragen hast? Ich habe sie damals aus Wollresten gestrickt.« Sie gab ihm die Aktentasche.
»Damals sind wir für eine Woche in die Berge gefahren«, drehte er sich ihr zu, »es war sehr schön.«
»Ja«, sagte Olga, »wie lange ist das her.«
Er schlug sich den Kragen hoch und verließ das Haus.
An diesem Vormittag betrachtete Olga alte Fotografien. Sie war nicht hässlich gewesen, damals. Aber diese Kleider; sie hatte einen kleinen Hut mit Schleier getragen und stand drapiert neben ihrem ersten Auto. Olga stand auf und holte den Koffer mit den Kleidern, die sie nie weggeworfen hatte. Das Kostüm passte ihr noch, wenn es auch an den Hüften zwickte. Olga betrachtete sich im Spiegel und warf sich laut lachend auf das Bett. Dann stand sie wieder auf, verharrte in einer Pose und zog sich die Jacke wie ertappt heftig aus. Was würde der junge Mann sagen, wenn er sie so sehen könnte? Sie lachte wieder und strich die Bluse ihres Spiegelbildes glatt. Sie waren damals nicht verheiratet gewesen und sie hatten einander gewärmt. Ob der junge Dunkle mit ihr durch den Frost gelaufen wäre, stundenlang bis zur Dunkelheit; würde er sie wärmen? Wahrscheinlich musste sie ihn wärmen. Sie könnte mit ihm in diesen kleinen Kurort von damals fahren. Es gab dort eine entfernte Kusine, sie könnte ihr schon morgen einen kleinen Brief schreiben. Olga saß auf dem Bett. Das Blut klopfte in ihren Ohren. Heute Nachmittag könnte sie einen Scheck auf der Bank einlösen und die Nähe des Dunklen erfahren. Dann würde sie wissen, was sie ihrer Kusine mitteilen und ihrem Mann erzählen müsste. Der junge Mann würde es noch rechtzeitig erfahren. Sie durfte ihn nicht verschrecken.

An diesem Tag kam ihr Mann schon am Mittag zurück. Er hatte zwei große Tüten in der Hand und für sie einen riesigen Blumenstrauß. »Unser Gespräch von heute Morgen ist mir nicht aus dem Sinn gegangen. Im Geschäft ist nicht viel los, und so habe ich mir ein paar Tage freigenommen.«

Olga wischte benommen die Hände über den Rock. »Und was hast du in den Tüten?« Er wickelte die Blumen aus; sie waren groß und gelb, und Olga wusste, daß sie dafür überhaupt keine Vase hatte. Seit Jahren kaufte er Blumen, die eher auf einem Grab oder neben einem Rednerpult Platz gehabt hätten. GROSS UND GELB. Ihre Ehe war GROSS UND GELB. Olga putzte die Nase. »Und was ist in der anderen Tüte?« *Maler- und Lackiereibedarf* stand in roten Lettern auf der Vorderseite, dazu ein Werbespruch mit Herzchen. »Seit Wochen will ich die Wohnung renovieren. Anschließend fahren wir eine Woche in die Berge, in unser Dorf. Es steht noch, ich habe mich erkundigt, auch nach den Zügen.« Er war voll Eifer und zeigte ihr die Schätze, die er in dem Malergeschäft erstanden hatte. Olga musste sich dringend um das Essen kümmern. Woher sollte sie die plötzlichen Pläne ihres Mannes kennen. Sie schnitt große Zwiebeln und weinte heftig. Bei Zwiebeln durfte man weinen! Der junge Mann hatte so hilflos gewirkt; schmale, dunkle Wangen mit kräftigem Kiefer und traurigen Augen; sie hatte zart über sein Gesicht gestrichen; er war so jung und verletzlich in seiner ersten Männlichkeit; sie würde ihn in den Arm nehmen und trösten; die meisten Männer waren schwach. Olga schob mit dem Handrücken das Wasser auf ihren Wangen zur Seite und schnitt ihre Zwiebeln fertig.

Olga Jakunosch zog sich am letzten Freitag im Februar das neue dezent gestreifte Kostüm an, den Mantel mit dem Fuchskragen und vergaß auch nicht das Rouge auf ihren Wangen, ehe sie zur Zweigstelle ihrer Bank ging, um einen Scheck einzulösen. Ihr Gang führte sie aufrecht und zielstrebig über die Marmorplatten der Kassenhalle zum Schalter, den sie seit Jahren bevorzugte. »Frau Jakunosch, sieht man sich wieder, jeder Urlaub geht mal vorbei, diesmal war es etwas länger, weil ich hatte noch Rest.« Olga legte den Scheck auf den Kassenteller.
»Ich hoffe, meine Urlaubsvertretung hat sie gut bedient?«

Olga ließ zum letzten Mal den Verschluss ihrer Handtasche schnappen.
»Möchten Sie es etwas kleiner? Ich mache es Ihnen recht.«
Olga Jakunosch schenkte ihrem alten Kassierer ein herzlich verwirrtes Lächeln und verließ die Bank, kurzsichtig den Hindernissen ausweichend. Man kannte sie nicht anders. Olga ließ sich ihr Konto bei einer neuen Zweigstelle einrichten. Warum sollte sie die Bank wechseln? Ihr Mann erweiterte ihre Münzsammlung um zwei seltene Prägungen. Sie fand, daß er ihr das schuldig war. Die Blüten auf dem Fensterbrett trieben immer noch unentwegt. Es hatte alles wieder seine Ordnung.

Das Ende

(aus den Kaffeehausgeschichten)

Der alte Stadtbach lief in leichten, eleganten Rundungen zwischen den alten Häusern, seit dem letzten Jahrhundert eingesperrt und eingemauert, eingezäunt von kunstvoll geschmiedeten schwarzen Gittern mit blank polierten Handläufen bis zum großen Fluss. An seinem Ufer, im Zentrum der kleinen Stadt lag das Café »Rheingold«, seit seiner Gründung ein bekannter Anlaufpunkt für Einsame, Zweisame und Kaffeeschwestern mit den allerneuesten Nachrichten und Klatschgeschichten, die nie die Welt, aber immer die Stadt bewegt hatten.
Scheinbar so lange, wie es das Café gab, stand bereits der Oberkellner Hermann hinter einem lila Vorhang und beobachtete seine Gäste. Böse Zungen behaupteten, er schliefe nur besonders diskret, denn sobald sich die Hand eines Gastes rührte, um nach dem Ober zu rufen, stand er schon neben ihm, um jede Art von Wunsch zu erfüllen, angefangen beim kleinen Mocca über köstliche Torten, Ragout fins und Hühnersüppchen, bis zum unauffälligen Transport winziger Briefchen von Tisch zu Tisch. Ohne ihn wäre das Café »Rheingold« nicht denkbar gewesen.
Natürlich hatte Herr Hermann eine sehr eigene Meinung über das Café, die Gäste, die Kolleginnen, die neue Chefin und das Leben im Allgemeinen, nur sprach er niemals darüber, zeigte immer Haltung und ließ Keinen wissen, wie es um ihn wirklich stand. Herr Hermann litt, wie viele erfolgreiche Oberkellner, an stets schmerzenden Hammerzehen, einer lädierten Bandscheibe und der Gewissheit, sein Leben lang unter Wert behandelt und bezahlt worden zu sein.
Heute war es wieder einmal besonders schlimm. Die Stammgäste wurden immer weniger und die zufällig eintretenden

Menschen glaubten oft, sie könnten ihren Kaffee in einem Pappbecher mit auf die Straße nehmen. Welcher Gast konnte sich noch so benehmen, daß es für einen ausgezeichneten Oberkellner eine Freude war, ihn zu bedienen. Oberkellner: Es hatte einmal eine Zeit gegeben, da hatte der Name noch einen Glanz. Aber heute, in den modernen Zeiten, wo jede dahergelaufene dumme Gans glaubte, vom Wesen des Service etwas zu verstehen, war sein Beruf so gut wie ausgestorben, so wie auch er bald ausgestorben sein würde. Vielleicht war er morgen bereits tot, und niemand würde den Verlust überhaupt bemerken.

Der Oberkellner Hermann hatte die Nase voll. Schluss! Aus! Heute war sein letzter Tag. Endgültig. Seit über 40 Jahren lief er sich in der alten Bude die Füße platt und jetzt musste er sich von dieser Göre jeden Tag beleidigen und in diesem nööölenden Quengelton anmaulen lassen. »Herr Heeermann, geht es nicht ein biiiesschen schneller? Wo bleiben Sie denn die ganze Zeit?« Als hätte er acht Hände und vier Beine. Da könnte man ihn doch gleich im Panoptikum ausstellen. Nur weil sie die Tochter seiner alten Chefin war und vor einem Monat das Kaffeehaus übernehmen durfte, hatte sie noch lange nicht das Recht, einen erfahrenen Oberkellner derartig vor seinen Gästen zu blamieren. Aber so war sie schon als Kind gewesen, verwöhnt und verzogen. Er erinnerte sich mit Grauen an ihre Auftritte, wenn sie nicht bekam, was sie unbedingt wollte. Noch heute Abend würde er kündigen, nein, er würde ihr seine Entscheidung mit dem nasalsten Ton, zu dem ein exzellenter Oberkellner überhaupt in der Lage war, überbringen, ihr vor den Stammgästen un-wi-der-ruf-lich mitteilen, dass er sich fürderhin nicht mehr in der Lage sähe, na, und so weiter. Die alten Gäste würden mit Entsetzen auf seinen Abschied reagieren und sofort weg bleiben, das wusste er, und mit den paar Touristen, die zufällig hereinkamen, war der Laden nicht mehr zu halten. Sollte sie doch schauen, wo sie ohne seine Erfahrung und seinen Fähigkeiten blieb. Viel zu lange hatte er zwischen den

uralten Stühlen gestanden, und die Quängeleien seiner ebenso uralten Gäste ertragen müssen: »Herr Hermann, haben Sie mein Kännchen vergessen? Und denken Sie bitte an den Bienenstich, aber ohne Zucker, Sie wissen ja, mein Diabetes!« Na gut, nicht alle Besucher waren alt, aber die Jungen waren auch nicht besser: »Sie, hallo, hallooo, der Alte hört überhaupt nix mehr, ja, hallo, SIE, wir wollten bestellen!«
Natürlich wollten sie etwas bestellen, hoffentlich wollten sie für sich und ihr auf und ab turnendes Kind Kaffee, Kakao, Kirschtorte, Cognac und Käseschnittchen in ausreichender Menge bestellen. In diesem Café gab es fast alles und er war der Oberkellner, der Chef, was sonst? Das Kaffeehaus war mit ihm alt geworden, und der Marmorkuchen, der seinen Namen zu Recht trug oder die Zeitungen waren aus Prinzip zwei Tage zu alt. Wenn das Baiser, dessen Lagerzeit unbekannt war, von den viel zu weißen Zähnen einer Dame aus den sogenannten besseren Kreisen angenagt wurde, implodierte es regelmäßig in einer hellen Pulverwolke und ließ sich als eleganter Grauschleier auf ihrem üppigen Busen nieder. Sofort stand er neben ihr und klopfte mit einer eleganten, knapp aus dem Handgelenk gedrehten Bewegung seiner gestärkten, schneeweißen Serviette den süßen Gebäckstaub von ihrer Bluse, dem beigen Rock und dem Marmortisch. Sie kannten sich seit vielen Jahren, und er hatte manchmal den Verdacht, dass die Dame, eine Zahnarztwitwe mit Hang zu unbekannten Künstlern, einzig wegen seiner wirbelnden Bewegungen über ihrem bemerkenswerten Busen und den übrigen betroffenen Teilen, das trockene Gebäck bestellte. Wenn die Krümelwolke verzogen war und er mit einer leichten Verbeugung die Ordnung symbolisch wieder hergestellt hatte, schob sie den Teller mit dem gehäuften Krümelberg zur Seite und lächelte ihn mit dem Charme längst vergangener Zeiten an: »Jetzt, Herr Hermann, jetzt hätte ich gern die Schwarzwälder Kirschtorte, aber bitte ein extragroßes Stück.« Wer konnte da schon widerstehen.

Auch heute stand er hinter dem fliederfarbenen Flor, der die Küchentür verdecken sollte, in der Nähe des Tresens und beobachtete das Publikum. Viele von ihnen hatten schon auf diesen Stühlen gesessen, als er vor unbekannten Zeiten seine Stelle antrat und das Kaffeehaus noch das gewisse Renommee besaß. Heute befürchtete er manchmal, seine Gäste würden für alle Ewigkeiten auf diesen Stühlen sitzen bleiben, selbst wenn sie bereits das Zeitliche gesegnet hätten, wobei er sich beim Anblick ihrer mumienhaften Gesichter nicht sicher war, ob dieser Zustand nicht bereits eingetreten sein könnte. Damals, als junger Kellner, tanzte er noch elegant zwischen allen Stühlen und konnte zur gleichen Zeit parlieren, charmieren, bedienen und kassieren. Heute war er froh, wenn er an den ausgestreckten Beinen der Touristen und ihren hopsenden Kindern ohne nennenswerten Unfall vorbei kam.

»Herr Hermann, Sie werden immer langsamer«, schimpfte Jacqueline Montpellier, seine neue Chefin. Eigentlich hieß sie Anneliese Moorengrimm, aber ein französischer Name passte besser zu einem gepflegten Café mit den unbequemen Pariser Stühlchen, die sie für das Laufpublikum vor dem Lokal angeschafft hatte.

»Herr Hermann, die Gäste von Tisch zwei warten bereits seit einer Stunde auf ihre Bestellung.« Nachdem sie den Laden von ihrer Mutter übernommen hatte, glaubte sie, in kürzester Zeit so viel Geld verdienen zu müssen, um nach maximal zwei Jahren sich nur noch dem exquisiten Zeitvertreib hingeben zu können. Im Übrigen warteten die Gäste erst eine halbe Stunde, und er fand das für ein so altes Café durchaus angemessen. Schließlich waren sie keine Imbissbude.

Herr Hermann schob den rechten Fuß hinter die linke Wade, um sich etwas Erleichterung zu verschaffen und stützte sich dabei unauffällig mit der Hand auf dem blank polierten Tresen ab. Diese alten Schuhe brachten ihn noch um den Verstand.

Seit dem ersten Tag, als er sich diese engen Lackschuhe gekauft hatte, quetschten sie seine Zehen zu dünnen Cellentani zusammen, bis er glaubte, nun wären sie endgültig an der Spitze zu einem festen Seemannsstrick zusammengezwirbelt worden. Ein Fußnagel schnitt immer in den nächsten größeren Zeh und an der rechten Ferse klebte feucht eine chronische Wunde am Socken fest. Er wusste selbst, dass er sich oft so langsam bewegte, als wäre er die Hauptfigur in einem alten expressionistischen Film aus den zwanziger Jahren, aber das war ihm gleichgültig. In einem renommierten Kaffeehaus sollten die Gäste stets das Gefühl haben, dass hier nur für sie die Zeit stehen geblieben wäre. Besonders bei den Stammgästen hatte er sich bemüht, den Eindruck der behaglichen Verstaubtheit und einer leichten Irrationalität zu vermitteln.

»Wissen Sie, mein lieber Herr Hermann«, hatte der bekannte Regisseur und Schriftsteller Francois Millaut einmal zu ihm gesagt, »wenn ich bei Ihnen sitze, bin ich aus der Zeit gefallen. Wo finde ich das sonst?«

Dazu passten die alten Zeitungen und die immer wiederkehrenden Gespräche und kleinen Dramen, die sich zwischen Butterkuchen und dickleibigen Tassen mit duftender Schokolade abspielten. In den großen Casinos fanden die Menschen die großen Tragödien, aber in ihrem Kaffeehaus gab es die kleinen Schmerzen und Sehnsüchte, ohne die eine Linzer Torte und ein starker Mocca nicht wirklich schmecken würden.

Mit einer müden Handbewegung schlug der Oberkellner nach den ersten dummen Fliegen. Herr Hermann fand den Frühling schrecklich, ständig stolperte man über Liebespaare, und zudem hörte man überall dieses Seufzen, wie schön doch alles sei, selbst die Alten konnten ihre gefühlten Erinnerungen nicht vergessen. Das ganze Kaffeehaus war erfüllt von einem allgemeinen sehnsuchtsvollen Seufzen. Dabei hatte sich nichts verändert, nur die Erde war ein kleines Stückchen der Sonne näher gekommen. Nichts konnte in den langen Tagen mehr verborgen bleiben, am wenigsten der Selbstbetrug und der ständige Verfall. Herr Hermann seufzte nur, wenn er am späten Abend seine geschwollenen Füße aus den Schuhen zog.

Er hatte es satt, in diesem Kindergarten viel zu große Kuchenstücke servieren zu müssen und die vollgekleckerten Tischtücher auszuwechseln. Dafür drückten sie ihm etwas Kleingeld in die Hand und fanden sich auch noch unglaublich generös.

Er hatte keine Lust mehr, den Hanswursten spielen, der jeden Spaß versteht, und er war auch nicht mehr neugierig auf ihre abgekauten, alten Geschichten, die sie ihm seit vielen Jahren immer wieder erzählten.

Heute war endlich der Tag, an dem er sich von allen Qualen befreien würde, die alten und jungen Schreihälse hinter sich lassen, der ehrgeizigen Chefin eine lange Nase drehen und der gierigen Kollegin seinen Rayon überlassen, auf den sie schon so lange scharf war. Er freute sich schon auf ihre erschrockenen Gesichter. »Herr Hermann, Sie können doch nicht so einfach gehen. Sie gehören doch hierher. Was sollen wir denn ohne Sie machen? Wollen Sie es sich nicht noch einmal überlegen?« Nein, er würde es sich nicht noch einmal überlegen. Viel zu lange hatte er gewartet. Nie mehr würde man ihn schikanieren oder nach ihm rufen, als wäre er ein Hündchen, der ihre Stöckchen apportieren sollte. Vor der Tür wartete die vergessene Freiheit auf ihn. Er würde sich auf sein Rennrad schwingen, dass er vor vierzig Jahren in Paris gekauft hatte, seine jämmerliche Kellnerexistenz vergessen und nur noch den Fahrtwind genießen. Vielleicht würde er auf der alten Landstraße hinausfahren, weiter und immer weiter, bis die Menschen anders aussahen und anders sprachen. Vielleicht könnte er noch einmal mit dem Rad durch die grünen Alleen in Frankreich fahren. Er wechselte den Fuß hinter der Wade und träumte sich in die schöne Zeit an der Seine zurück.

»Herr Hermann!« Die Frau Kammersängerin Elisabetha Fernandez, ehemals die Emmi Wagenbruch aus Graz, hob ihre Finger in den dünnen Handschuhen aus hellem Safranleder und winkte ihn zu sich. »Mein lieber Herr Hermann, wissen Sie, dass wir beide etwas zu feiern haben?« Er war ratlos, denn die Zeiten, in denen die Sängerin ihre Bühnenerfolge in dem Kaffeehaus feierte, waren lange vorbei. »Ich habe es mir fast gedacht, Sie Schlimmer, dass Sie es vergessen haben. Aber so sind sie, die Männer, kaum haben sie das Herz einer Frau gebrochen, sind wir schon wieder in dem dunklen Tal des Vergessens gelandet. Heute vor vierzig Jahren habe ich als junges Ding meinen ersten Erfolg bei Ihnen gefeiert. Mit Champagner. Und dem Herrn Fabrikanten Willi Stöckl. Jedenfalls am Anfang. Wissen Sie es wirklich nicht mehr?«

Herr Hermann verbeugte sich leicht und holte das charmanteste Lächeln aus der alten Kiste, das er früher so perfekt beherrscht hatte.

»Wie könnte ich das jemals vergessen, gnädige Frau. Sie waren die reizendste Soubrette, die je an diesem Theater gesungen hatte.«

»Sie sind und bleiben ein charmanter Schwindler, Herr Hermann. Aber ich weiß es noch ganz genau. Sie waren der eleganteste und hübscheste Kellner in der ganzen Stadt und Sie haben mir damals nach der Premiere eine wundervolle Rose geschenkt. Wissen Sie, dass ich sie immer noch habe? Ihnen kann ich es ja sagen, Sie sind der einzige Grund, warum ich in dieses altmodische Kaffeehaus überhaupt noch komme. So eine sentimentale Kuh bin ich. Deshalb möchte ich Sie, mein lieber Hermann, morgen Abend um acht Uhr zu einer kleinen Soiree in das »Goldene Lamm« einladen. Es gibt einen kleinen Imbiss mit alten Freunden, und wir beide sind die Hauptpersonen. Sie werden staunen, wen Sie noch alles kennen. Bitte enttäuschen Sie mich nicht und seien Sie pünktlich.«

Sie flatterte noch einmal mit der Hand, nahm ihren kleinen Rehpinscher auf den Arm und schwebte durch die Tür. Herr Hermann hob ebenfalls verwirrt die Hand, als seine Chefin nach ihm rief. »Herr Hermann, nun kommen Sie doch mal her, ich muss Ihnen dringend etwas mitteilen.« Vielleicht wollte sich die Chefin bei ihm entschuldigen, und die Entscheidung, die er heute treffen wollte, wurde ihm abgenommen. Immerhin kannte man ihn und seinen Wert seit Jahrzehnten. Herr Hermann beschloss, nicht so schnell nachzugeben. Zu oft hatte man ihn in den letzten Wochen gekränkt.
»Hören Sie, Hermann, so geht es nicht mehr weiter. Sie verstecken sich den ganzen Tag hinter dem Vorhang und Ihre Kolleginnen müssen für Sie mitarbeiten. Dauernd muss ich mir ihre Klagen anhören, jetzt ist es genug. Ja, ja, ich weiß von meiner Mutter, dass die meisten alten Gäste nur wegen Ihnen kommen, und dass ich auf Sie aufpassen soll, aber alles hat mal ein Ende, auch für Sie. Sie sollten längst Ihren Ruhestand genießen. Wollten Sie nicht zurück nach Frankreich, um Fische in der Loire zu angeln? Na, mir ist es egal. Also, ab morgen nehmen Sie Ihren Resturlaub und dann viel Spaß bei den Franzosen. Übrigens haben die jungen Leute hinten am Tisch acht schon vor langer Zeit zwei Gläser Champagner bestellt. Nehmen Sie die Hausmarke, der tut´s auch, die beiden erkennen den Unterschied sowieso nicht. Und jetzt flott, flott, ehe wir hier alle einschlafen.«

Es blieb weder die Zeit stehen noch verdunkelte sich die Sonne, nichts hatte sich verändert. Die junge Kollegin blieb unverschämt, die alten Damen waren reizend, die jungen Leute bekamen den billigen Sekt und glaubten noch an Champagner und die Liebe, und seine Füße brannten immer noch wie das kleine Feuer, das vor Jahrzehnten eine reizende Verkäuferin in der Rue de Lasalles entfacht hatte, als er nur einmal in ihre dunklen Augen sah und dabei das teuerste Paar Lackschuhe von ganz

Paris kaufte. Leider hatte er erst am nächsten Tag gemerkt, dass sie mindestens eine Nummer zu klein waren. Allmählich leerten sich die Tische, die Touristen mit dem Kind vom Tisch elf hatten Mühe, alle Mützen, Jacken und Reiseführer in ihren Taschen zu verstauen und zahlten zwei Käsebrote und eine Limonade zu viel, der alte Herr Lämmle hatte wieder seinen Schirm vergessen und der dicke Rechtsanwalt vom Tisch fünf legte diesmal ein ordentliches Trinkgeld auf den Teller, denn er hatte eine neue Begleitung und hoffte, damit einen bleibenden Eindruck bei dem jungen Mädchen zu hinterlassen. Herr Hermann beschloss, sich schon am nächsten Tag neue Turnschuhe zu kaufen, mit irgendetwas musste er schließlich das neue Leben beginnen.

Als die Chefin die Tür hinter ihm abschloss und er auf seinem alten »Peugeot« Rennrad unter den blühenden Kastanien nach Hause fuhr, sah er noch einmal das Liebespaar hinter dem gelben Forsythiabusch in inniger Umarmung. Der Sekt hatte auf sie die gleiche Wirkung wie der teuerste Champagner. Fast hätte er es bedauert, ihnen die Flasche Sekt für den Preis eines französischen Champagners berechnet zu haben, aber Liebe machte blind und er brauchte wirklich die neuen Schuhe. Dann würde er seinen schwarzen Anzug ausbürsten und im teuersten Blumenladen der Stadt noch einmal eine duftende Rose kaufen, um sie der Frau Kammersängerin mitzubringen. Trotz allem befürchtete er, dass er nach der kleinen Feier allein nach Hause gehen müsste, denn die Zeiten hatten sich endgültig geändert. Es blieb die Erinnerung an die kleine übermütige Emmi Wagenbruch aus Graz, die in einem Dachzimmer dem elegantesten Kellner der Stadt einmal so leidenschaftlich die Rolle der berühmten Soubrette Elisabetha Fernandez vorgespielt hatte, damals, als er noch auf seinem Rennrad an einem Tag drei diskrete Adressen anfahren konnte, ohne auch nur annähernd so müde zu werden, wie er es heute war.

Aber morgen wird er wach sein, der Fahrtwind wird sein Gesicht erfrischen und nichts wird ihn aufhalten, keine schlechtgelaunten Gäste, keine drückenden Schuhe und keine quengelnden Frauen. Morgen gehört er sich ganz allein.

Kopfschnipsel

Sie lebte, wie sie las:
Sie begann stets am Ende
um sich am Anfang
entscheiden zu können.

Je schneller die moderne Kommunikation
desto langsamer wird die Verständigung
zwischen den Menschen.

Ohne meine Maschine
sagte der Maschinist
bin ich kein Mensch.

Sie sind wirklich unerhört, sagte die Frau.
Tatsächlich bis heute, sagte der Mann.

Er suchte
nach der großen Liebe
und fand die kleine Macht.

Geregelte Liebe ist
wie portioniertes Essen.

Eine ausgestreckte Hand schützt
vor zu großer Nähe.

Ein Kuss ist das sicherste Mittel,
Lügen zu vermeiden.

Seit er die Haare ölte,
glaubte er immer öfter,
endlich oben zu schwimmen.

Tapfer ritt er mit eingelegter Lanze
gegen jeden Windmühlenflügel,
den man ihm entgegen hielt.

Seine Intellektualität war im Allgemeinen
sehr effektiv.

Als sie alle weiblichen Attribute
schmerzhaft korrigiert hatte
blieb nichts mehr, was sie
problemlos hätte vergrößern können.

Der sanfte Blick einer einzelnen Kuh
verbirgt perfekt die latente Aggression
der gesamten Herde.

Meine Wabe ist
ganz einzigartig sagte die Biene
zur Biene.

Ich sehe den Neid
in euren Augen, sagte die Maus
als sie in der Falle
genussvoll den Käse fraß.

Auf der anderen Seite der Welt
stehen die Menschen
mit dem Kopf nach unten:
Ich bin froh,
daß ich auf der anderen Seite
der Welt stehe.

Es ist leichter, das Unglück
allein zu ertragen,
als das unerträgliche Glück
in Gesellschaft.

Ob ich mich fürchte
oder geborgen bin
in der Dunkelheit
bestimmt das Licht
in mir selbst.

Hoffnung

Theatermonolog

Die Bühne ist wie eine Höhle eingerichtet. In der Mitte ist ein großer Felsbrocken, auf dem Anton sitzt. Am Anfang und am Ende hört man, wie die Wassertropfen regelmäßig von der Decke fallen. Anton wird bis zum Ende nicht den Felsen verlassen können.

Es ist passiert.
Ich habe es geschafft.
Endlich.
Mit etwas Glück habe ich es geschafft.
Morgen.
Morgen ist der große Tag.
Ich bin mir ganz sicher, was sollte jetzt noch schief gehen.
Obwohl.
Ach was!
Alles hatte völlig problemlos begonnen. Ohne Probleme! Das gab es noch nie, auch nicht bei den Anderen, jedenfalls hat es mir niemand erzählt. Und ich habe schon seit vielen Jahren Erfahrungen in der Politik, und mit den Menschen. Gerade im Vorfeld von Landtagswahlen.
Es sollte mir zu denken geben. So glatt.
Ich habe auch schon andere Tage erlebt. Viele Vorgespräche hatte es gegeben, Absprachen, Versprechungen, und dann, Phfff, wie eine Seifenblase war alles geplatzt. Alle hatten gelogen, mir-direkt-ins-Gesicht-gelogen! Von wegen Anstand! Wenn das jetzt wieder in die Hose ging, allein die Vorstellung: im Büro die schadenfrohen Gesichter, meine kümmerlichen Erklärungsversuche, Optimismus-Angst-Attacken. Und dann zu Hause, meiner Frau kann ich nichts vormachen, ihre Augen, nur ihre

Augen, oder die Mundwinkel. So nach unten. Und dann ist eisige Ruhe. Ein Nordwind bläst, stetig, ein ganz stiller Nordwind. Jahrelang werde ich das noch ertragen müssen, die gleichen Gesichter, die unvergängliche Langeweile, zu Hause und im Amt. Die Art, wie meine Frau sich wäscht, bevor sie endlich zu mir kommt, dieses Ritual und das gleiche Ritual, wenn mein Chef glaubt, mir die Welt, seine Welt erklären zu müssen. Alles bis zum bitteren Ende.

Ich weiß nicht, wie es ausgehen wird, niemand weiß das. Die Angst vor der Niederlage, alle haben sie schon gekannt, auch die Parteivorsitzenden. Die Delegierten sind wie immer, laut, undiszipliniert, oft unverzeihlich dumm. Sie verstehen nichts, nichts von der Politik, nichts vom Leben - und wenn man es ihnen noch so deutlich erklärt. Sie hören nicht zu, sie wollen es nicht wissen, sie freuen sich, dass sie da sind und wichtig sind, heute sind sie wichtig, enorm wichtig, und ihr Stimmergebnis richtet sich nach der Farbe der Krawatte, der Frisur oder dem Wetterbericht. Habe ich ein sauberes Taschentuch, das ist auch wichtig, wenn ich mir die Stirn abwischen muss, Frauen achten auf so was. Ich sollte noch mal aufs Klo gehen, vor jeder großen Rede sollte man noch mal aufs Klo gehen. Hat Churchill gesagt. Der hat auch gewonnen. Haushoch. Auch verloren. Das alte Schlachtross. Ich werde auch gewinnen. Na klar, ich bin der typische Gewinner. Hey! I am the winner! Nichts kann mir passieren. Alle werden die Augen aufreißen. Heute ist mein Tag!

Als das Ergebnis feststand, haben alle mit mir gelacht und waren glücklich. ALLE haben gratuliert, also fast alle und waren glücklich.
Ein Meer voll Glück!
Ich habe ja schon sehr oft an Nominierungskonferenzen teilgenommen, natürlich vor allem mit mir als Hauptbewerber.

Aber diesmal:

82,3 %!

Ich war aber auch gut an diesem Tag. Richtig gut, so voller Schwung, Direkt jugendlich! Nichts habe ich vergessen bei meiner Vorstellungsrede:
Als erstes unser Konzept nach der Regierungsübernahme für vier Jahre. Ein Vierjahresplan sozusagen. Spaß muss sein, habe ich da auch gesagt. ALLE haben gelacht, bis auf den, na Sie wissen schon, aber der lacht erstens nie und zweitens hat er von Nichts Ahnung, sage ich Ihnen, deshalb wurde ja auch ICH nominiert und DER NICHT!
Dann: das völlige Versagen des Gegners, also des politischen Gegners, man muss immer korrekt bleiben, besonders in der Politik. Und seriös. Klarheit und Anstand, darauf kommt es an. Vor allem beim Wähler. Immer klare Kante! Und das fehlt uns, also der bisherigen Regierung völlig. Kopflos, ohne starke Führung wurden sie umher geworfen, von links nach rechts und zurück, allen wollten sie es recht machen.
Wir wissen, wer wir sind und was wir wollen. Nicht umsonst werden Absprachen schon im politischen Vorfeld getroffen. Wer glaubt, er oder sie würde nur wegen der schönen Nase gewählt, beziehungsweise nominiert, irrt gewaltig. Umsonst gibt es nichts auf dieser Welt. Ich habe die Regeln nicht gemacht. Nicht, dass Sie jetzt denken, wir wären käuflich. Wir sind unbestechlich, für jedermann.

Das habe ich auch immer meiner Frau gesagt, wenn sie mir vorwarf, meine Aufgabe als Politiker nicht ernst genug zu nehmen. Gertrude, habe ich immer gesagt und dann etwas ausgeholt. Das muss man doch, wenn man nicht nur oberflächlich diskutieren will! Gertrude, sage ich dann immer, und bleibe vorerst ganz entspannt und ruhig, schau doch allein mal die Verbesserungen, die das letzte Jahrhundert uns allen gebracht hat, nur wir Männer waren immer die Verlierer, erst der Krieg, dann dieser Frieden! Frieden war immer das Schlimmste, jedenfalls am Anfang und nur wenn man verloren hatte. Der Rest von uns fing ganz von vorn an, alles wurde uns genommen, der Glaube, die Ehre, wenn ich allein an unser Haus in Breslau denke, und dann merke ich schon, sie hört mir nicht mehr zu. Immer hört sie weg, wenn ich ihr mühsam die Grundregeln der Politik erklären will. Sie bekommt dann so merkwürdige scharfe Falten im Mundwinkel. Das steht ihr gar nicht. Obwohl sie sonst immer so auf sich hält. Es geht eben nicht immer hoppla hopp und schon werden alle Wünsche erfüllt. Ich musste auch vier Jahre warten, ehe man mich endlich gefragt hat, ob ich kandidieren möchte, vom Geld mal abgesehen, das ich dafür bezahlen musste, hier eine Spende, dort ein Empfang, dann der Kindergarten und die Feuerwehr. Wenn ich allein an die vielen Vereine denke, bei denen ich Mitglied bin. Ich bin oft sehr allein. Und nach meiner Gesundheit fragt auch niemand. So ist das nun mal, wenn man die Leiter hochklettert. Man wird einsam.

Renate ist da ganz anders. Sie glaubt an mich. Was heißt glauben, sie weiß es. Ich sehe es an ihren Augen. So jung und schon so kluge Augen. Renate ist meine neue Sekretärin. Sehr begabt! Versprochen habe ich ihr natürlich nichts. Sie muss sich ja auch erst einarbeiten. Und überhaupt, das Sakrament der Ehe war mir immer heilig! Renate hilft mir, und das ist ihre Aufgabe, nichts sonst, die alltägliche Mühsal im Amt zu bewältigen.

Ich arbeite im Kultusministerium, Referat II/4 – Schulen, an sehr verantwortlicher Stelle. Ich, also wir, erstellen die Statistiken, die die Grundlage der künftigen Schulpolitik sind. Um das einmal ganz kurz zu verdeutlichen: im privaten Leben merken Sie sich die wichtigen Dinge, die Ihr Leben beeinflusst haben. Einige führen auch Tagebuch darüber, so wie ich. Das ist Ihre persönliche Erfahrungsbasis. Auf der Grundlage dieser persönlichen Erfahrungen gestalten Sie Ihr künftiges Leben. Das ist Ihre Freiheit, denn wenn Sie es nicht täten, unterlägen Sie ja den Zwängen, die immer wieder kämen, da Sie nicht die Schlussfolgerungen aus Ihren Erfahrungen gezogen haben. Verstanden? Ja? Sehen Sie, und genauso ist es mit unserer Arbeit in der Regierung. Ohne unsere Statistiken gäbe es keine freiheitliche Gesellschaft. Ich, also wir, sind der Garant für die freiheitlich-demokratische Grundordnung in unserem Land. Das befriedigt mich und erfüllt mich mit Stolz. Bei aller Bescheidenheit weiß ich, dass ich, also meine Mitarbeiter und ich, zu den Besten in diesem Land gehören. Deshalb habe ich mich der Politik zugewandt, um zusätzlich auf einem anderen Feld meinem Vaterland dienen zu können.

Früher habe ich das auch nicht so artikulieren können, obwohl ich schon Mitglied der Partei war. Erst als ich Uwe getroffen habe, meinen alten Schulfreund Uwe Körner, kam es konkret zu diesem Wunsch, auch aktiv mitgestalten zu können.
Wir hatten uns im Laufe der Jahre aus den Augen verloren, bis ich eines Tages eine Rede von ihm hörte. Ich war auf Anhieb von ihm begeistert. Er ist ein ausgezeichneter Redner und hat neben seinem profunden Wissen so eine offene Art, die die Menschen zuhören lässt und für ihn einnimmt. Man hat sofort den Eindruck, der Mann weiß, wovon er spricht, er kennt die Probleme des kleinen Mannes und kann auf logische Weise komplizierte Lösungen derart einfach anbieten, dass jeder sich augenblicklich fragt, warum bisher kein anderer darauf gekommen ist.
Er hatte bereits damals eine höhere Funktion in der Partei. Neider nannten ihn auch etwas abschätzig einen populistischen Propagandaredner. Aber damit tat man ihm unrecht. Uwe war überzeugt von dem, was er tat und sagte. Ich musste ihn unbedingt persönlich kennen lernen. Ich bat einige wichtige Parteifreunde, dass sie mich ihm vorstellen sollten, ich wäre sein alter Schulfreund.

Natürlich war ich es nicht, aber ich brauchte einen triftigen Grund, um Kontakt zu ihm zu bekommen. Er hatte ungefähr mein Alter und ich wusste, dass er in der gleichen kleinen, vermieften Stadt wie ich in die Schule gegangen war. Wer erinnert sich schon wirklich an all die Idioten, mit denen man seine Kindheit und Jugend verbringen musste. Uwe war umringt von seinen Anhängern und Parteimitgliedern, die alle dringende Anliegen hatten oder einfach nur dazugehören wollten, so wie ich. Alle schienen das Bedürfnis zu haben, ihm nah zu sein, ihn zu berühren, als könnten sie so einen Teil von ihm mitnehmen und ihn dadurch besitzen. Ich muss gestehen, mir ging es nicht anders.

Als ich ihm endlich vorgestellt wurde, erinnerte ich ihn an unsere gemeinsame Schulzeit und wie sehr ich mich freute, ihn nach dieser langen Zeit endlich wieder zu sehen. Er war sichtlich irritiert, aber bevor er weiter fragen konnte, wurde ich schon abgedrängt und ich konnte ihm nur noch meinen Namen laut über die anderen Köpfe zurufen und dass ich ihn anrufen würde. Für den Anfang war das nicht schlecht.

Bei späteren Begegnungen tröpfelte ich immer wieder mein Wissen über ihn und unsere gemeinsame Schulzeit tief in sein Unterbewusstsein, bis er irgendwann anfing, mir von unseren gemeinsamen Jugendstreichen zu erzählen. Mein Weg in die Zukunft war vorbereitet.

Durch meinen intensiven Einsatz für unsere Partei in den letzten Wochen, war es mir leider nicht möglich gewesen, hundertprozentig bei der Arbeit präsent zu sein. Ich hatte häufiger Fehlstunden, die ich mit dem lebensbedrohlichen Zustand meiner Schwiegermutter erklärte. Mitten in dieser schwierigen Zeit begannen in meinem Amt die mysteriösen Ereignisse. Unerklärliche Zahlen und Daten tauchten in unseren Statistiken auf, alles ging drunter und drüber, die Prognosen über künftige Schülerzahlen vermischten sich mit den geleisteten Stunden der

ehrenamtlichen Sporttrainer, zwischen den geplanten Wochenstunden für Mathematiklehrer an den höheren Schulen tauchten die Berechnungen für Kartoffelpüree und Zwiebeln in den Mensen der Universitäten auf, die Zusatzzahlungen frühzeitiger in Pension gegangener Hauptschullehrer wurden den Planungen für Heizöl zugeschlagen und, - das war das Schlimmste überhaupt, - die Gehälter der Sonderschullehrer hatten sich verdoppelt und alle Bemühungen, besonders diesen Fehler zu beseitigen, blieben ergebnislos. Die Fachleute konnten keine Erklärung finden und murmelten von menschlichen Fehlern, für die man Verständnis haben musste. Ob es mit dem neuen Computerprogramm im Ministerium zu tun hatte, konnte ich nicht beurteilen, denn die Fachleute hatten uns versichert, das Programm wäre ausgereift und Fehler könnten, wenn überhaupt, nur marginal auftreten. Ich führte vor Ort direkte Gespräche mit den Schulleitern, um die angegebenen Daten der Schulen zu überprüfen. Jeder in meiner Behörde wusste, dass dabei gelogen wurde. Diese Lügen zu widerlegen, erforderte immer viel Zeit, die nie nachgeprüft werden konnte. Das gab mir dann erfreulicherweise eine zusätzliche Bewegungsfreiheit, die ich für unsere politische Arbeit nutzen konnte.
Durch den häufigeren Kontakt mit Uwe gab es natürlich auch Neider, die hinter meinem Rücken gegen mich intrigierten. Ich durfte mir also auf keinen Fall eine Blöße geben, wenn ich meine Zukunftspläne nicht gleich in den Schornstein schreiben wollte. Freundschaft ist ein zartes Pflänzchen und Uwe wollte ich auf keinen Fall enttäuschen.
Trotzdem saß ich in einer Zwickmühle; erfüllte ich wie bisher täglich meine Pflichten als Referatsleiter, war es mir nicht möglich, die Hoffnungen, die man in der Partei in mich setzte, zu erfüllen. Fehlte ich auf der anderen Seite weiterhin so häufig in meiner Dienststelle, wenn es auch immer überzeugende Begründungen gab, so begann mein Abteilungsleiter sich »ernsthaft Sorgen zu machen«, wie er mir versicherte. »Ich habe ja

Verständnis für Ihr Engagement«, sagte er mir neulich, »ich gehöre ja auch zu demselben Laden, aber ich dulde absolut keinen Schlendrian im Amt.« Er ist schon seit seiner Jugend in unserer Partei und hat vielfältige Kontakte. Ich finde es gut, wenn ein Mann in dieser Position feste Standpunkte hat. Man kann sich auf ihn verlassen. Ich darf ihn nicht unterschätzen.
Zusätzlich war ich der Wahlkampfleiter für meine Partei geworden, beauftragt von Uwe, der inzwischen stellvertretender Landesvorsitzender war. »Anton«, sagte er zu mir, »ich freue mich, dass gerade Du, als mein alter Freund, die Zeit gefunden hast, diese verantwortungsvolle Aufgabe für uns alle zu übernehmen. Ich bin mir sicher, wir zwei werden auch in Zukunft noch viele gemeinsame Herausforderungen schaffen. Enttäusche mich nicht.« Ich war sehr stolz auf dieses Lob, denn ich hatte immer mehr den dringenden Wunsch, Uwes Freundschaft und Anerkennung vor allen anderen zu erringen. Uwe war mein Vorbild.
Damals wusste ich noch nicht, dass er mit »gemeinsame Herausforderungen« auch den Beischlaf mit meiner Frau meinte. Denn jedes Mal, wenn er mich zu einem Termin schickte, konnte er sicher sein, ungestört bei meiner Gertrude seinen Hormonhaushalt ausgleichen zu können.
Dabei hatte er selbst Eheprobleme, von denen er mir einmal nach einigen Flaschen Wein erzählt hatte. Seinen aufwendigen Lebensstil konnte er sich nur leisten, weil seiner Frau eine florierende Werbeagentur gehörte. Wenn sie sich von ihm trennte, würde er ziemliche Probleme bekommen. Ich fühlte mich von seinem Vertrauen sehr geehrt. Wem sonst sollte er von seinen Problemen erzählen, wenn nicht seinem alten Schulfreund. In dieser Vertraulichkeit offenbarte auch ich ihm meine Probleme mit Gertrude. Sie war 20 Jahre jünger und immer noch sehr attraktiv. Aber wir hatten schon seit Monaten nicht mehr miteinander geschlafen. Entweder kam ich zu spät nach Haus oder sie fühlte sich nicht wohl. Zum Glück hatte ich ja Renate, meine neue Sekretärin. Er zeigte aufrichtiges Verständnis für mich

und öffnete noch eine Flasche. Ich hätte Uwe niemals davon erzählen sollen. Wie konnte ich ahnen, dass er mich nur benutzen wollte. Die Wahlprognosen für unsere Partei waren nicht sehr rosig. Uwe hatte am Anfang selbst den Wahlkampf leiten wollen, aber als heraus kam, dass die Agentur seiner Frau den Auftrag für den Wahlkampf erhalten sollte, hatte er ganz schnell mich vorgeschoben. Niemand sollte ihm Vetternwirtschaft vorwerfen können. Dabei wollte er nur nicht die Verantwortung für eine mögliche Niederlage tragen. Gingen wir baden, war es meine Schuld, gewannen wir, war er der Held. Ich bewunderte seine Raffinesse. Vielleicht fiel mir noch etwas ein, wie ich der Held sein konnte.

Jetzt war der Zeitpunkt gekommen, dass ich mich entscheiden musste zwischen Beruf und Berufung. Ein Mann, besonders in gehobener politischer Funktion, muss fähig sein, Entscheidungen zu treffen. Gertrude würde mich noch bewundern, auf den Knien würde sie angekrochen kommen, wenn ich meine Ziele erst einmal erreicht haben würde. Und von Renate brauchte sie ja nichts zu erfahren.
Als erstes ließ ich mich im Amt für die Dauer des Wahlkampfes beurlauben. Das befreite mich von dem Computerdurcheinander und der Verantwortung, die wie eine drohende Welle auf mich zukam. Sollten doch die anderen Pfeifen, besonders mein Vorgesetzter, ihren Kopf hinhalten. Und vielleicht ergaben sich ganz andere Konstellationen im Amt, wenn ich zurückkommen sollte. Ich meine für mich. Mein Chef näherte sich langsam dem Pensionsalter, und welche fähigen Leute waren denn sonst noch da? Man durfte die Hoffnung nie aufgeben. Ich war schon immer ein Stehaufmännchen. Dann warf ich alle engen Freunde von Uwe und seiner Agentur aus dem Wahlkampfteam und suchte mir meine eigenen Leute, junge ehrgeizige Menschen, von denen ich wusste, dass sie noch Ziele hatten und dafür auch kämpfen wollten. Gewannen wir, hatte ich einen Stamm eigener

Leute, die loyal zu mir stehen würden. Und ich wusste, dass wir gewinnen würden. Meine Zuversicht und mein Optimismus hatten mich noch nie betrogen. Ich war ein Gewinner! Dann schaute ich mir alle Statistiken über die letzten Wahlkämpfe an. Wozu war ich Spezialist. Ich bildete kleine effektive Teams und schickte sie dorthin, wo wir noch Chancen hatten zu gewinnen. Die Gebiete, wo wir sowieso verlieren würden, wurden nicht berücksichtigt. Sofort gab es richtige Aufstände unten an der Basis! Für meine Parteifreunde war ich schlimmer als der politische Gegner. Für viele wurde ich der persönliche Feind, denn sie sahen ihre Felle davonschwimmen. Jeden Tag gab es Drohungen. Es war mir egal. Uwe gab mir gegen alle Proteste dieser Jammerer seine stabile Rückendeckung. Es blieb ihm auch nichts anderes übrig, denn ich machte ja seine Dreckarbeit. Hatte meine Taktik keinen Erfolg, hatte ich persönlich verloren und meine politische Karriere ihr vorzeitiges Ende gefunden. Gewannen wir, stand meinem steilen Aufstieg nichts mehr im Weg. Und wir würden gewinnen. Da war ich ganz sicher.

Dann entwarf ich einen Finanzierungsplan und beteiligte alle, wirklich alle Kandidaten und Funktionäre an den Kosten. Ich wusste doch, wie viel Geld in den Ortsvereinen gehortet wurde und wofür sie es ausgaben, hier ein Sommerfest, dort eine kleine Unterstützung für Sympathisanten. Aber damit war es jetzt vorbei. So hatte ich den Rest auch noch gegen mich aufgebracht. Uwe lachte lauthals, als ich ihm davon erzählte und munterte mich auf, ja nicht nachzulassen. »Pack sie, bis sie quietschen, sie brauchen das.« Und ich packte sie. Noch niemals hatten wir einen so professionellen Wahlkampf. Nach einigen Wochen kamen die ersten positiven Rückmeldungen. Wir erregten Aufsehen im Lande, besonders bei der Presse. Das beunruhigte unsere politischen Gegner und sie begannen Fehler zu machen. Wir waren auf der Siegerstraße. Ich schwebte auf einer Wolke. Renate himmelte mich an. Wenn sie mir von dem Chaos im

Amt erzählte, ging es mir noch besser. Ich war jung und stark. Sogar Gertrude begann wieder öfter, mich aufmerksam zu betrachten. Vielleicht war Uwe doch nicht der ideale Liebhaber für sie. Sie hatten wohl geglaubt, ich wäre blind geworden. Durch die ständigen, schon leicht angewelkten Blumensträuße roch es bei uns wie in einer Aussegnungshalle. Angeblich bekam Uwe überall Blumenpräsente. »Es ist doch besser, ich schicke sie Deiner Frau, ehe sie verwelken.« Er hatte vergessen, dass ich als Organisationschef für seine Blumensträuße zuständig war. Diese Blumen, die jetzt bei uns ihre Blätter verloren, hatte ich jedenfalls nicht gekauft. Gertrude lachte zu schrill und hatte diesen feuchten Glanz in den Augen, wenn Uwe ihr zur Begrüßung auf die Wangen küsste. Ich wusste, dass ich mich mehr um sie kümmern sollte. Die Öffentlichkeit achtete darauf, ob man den bürgerlichen Normen entsprach. Spätestens nach meinem Wahlsieg, wenn ich ganz oben war, würde ich das auch erledigen. Ich freute mich schon auf die vielen Fotos, die von uns erscheinen würden. Immerhin war ich mit ihr verheiratet.

Am nächsten Wochenende schlug ich ihr vor, mit mir einen kleinen Sonntagsausflug zu unternehmen. Ich hatte auch schon Uwe gefragt, aber er hatte keine Zeit. Er sah in letzter Zeit immer schlechter aus, als hätte er große Sorgen. Am Wahlkampf konnte es nicht liegen, der lief planmäßig. Aber Uwe sprach selten über seine Probleme. Die frische Luft hätte ihm auch gut getan. Wir fuhren mit dem Zug ans Meer. Ich war viel zu oft mit dem Auto unterwegs und genoss deshalb die Fahrt im Erste-Klasse-Abteil. Gertrude war sehr vergnügt, wie früher, wenn wir als Studenten spontan an die See fuhren, die Vorlesungen schwänzten und uns im Wasser vergnügten. Wir schwammen, die Sonne war in diesem Spätsommer noch angenehm warm, lagen in den Dünen versteckt und ich begann bereits darüber nachzudenken, wie es wäre, mit Gertrude, so wie früher, aber da war sie bereits tief eingeschlafen. Also stand ich auf, um bei einem kleinen Spaziergang meinen neuen Fotoapparat auszuprobieren. Das war ein tolles Gerät, das allerneueste Modell, sogar mit einem langen Teleobjektiv, eigentlich für den Wahlkampf gekauft, aber ich wollte es erst mal testen. Vielleicht gab es ein paar Nacktbader. Ich kannte mich in diesem Gebiet aus, der Strand lag abseits von den Urlaubsorten und hatte einen kleinen Leuchtturm, der aber schon lange nicht mehr in Betrieb war. Die Tür war immer defekt gewesen und wir hatten als junge Leute oft unseren Schabernack auf der Spitze des Turms getrieben. Dort oben wollte ich die Kamera und das Teleobjektiv ausprobieren. Als ich näher kam, sah ich zwei Personen auf der Plattform. Sie schienen zu streiten, denn ihre Bewegungen waren sehr heftig. Ohne nachzudenken hob ich die Kamera, zoomte die Menschen dort oben näher heran und drückte ab. Sie kämpften miteinander, eine Person wurde von der anderen immer weiter über den Rand gedrückt, ich fotografierte instinktiv weiter und weiter, ein spitzer Schrei flog ins helle Blau, bis der eine Mensch den Halt verlor und über die Brüstung kippte. Er fiel mit baumelnden Gliedmaßen wie eine Puppe, es ging schnell, ganz schnell, ehe er unten aufschlug. Dann sprang der Körper durch die Wucht des Aufpralls noch einmal hoch, bevor das graue Bündel endgültig liegen blieb. Es war ein schreckliches, klatschendes Geräusch, wie ein großer Sack mit nasser Wäsche. Noch nach Wochen sah ich im Traum den Körper fallen und fallen und hörte diesen Ton, dieses schreckliche Klatschen.

Ich hatte den gesamten Absturz von Anfang bis zum Ende ohne nachzudenken fotografiert. Als ich wieder nach oben blickte, erkannte ich Uwe, wie er nach unten sah, kurz verharrte und dann verschwand. Plötzlich begriff ich alles. Natürlich kannte er auch den Leuchtturm, musste ihn kennen, denn er war ja, wie ich, hier aufgewachsen, hatte, wie ich, seine Ferien hier verbracht und wahrscheinlich auch seine ersten Liebeleien hier

in den Dünen erlebt. Ich lief sofort hinüber zum Leuchtturm. Durch die Entfernung war ich mir nicht sicher, ob Uwe mich überhaupt bemerkt hatte. Als ich bei dem Toten ankam, sah ich, dass es Uwes Frau war. Sie war unnatürlich verrenkt und leblos. Wahrscheinlich hatte sie sich das Genick gebrochen. Ich hatte noch nie eine Tote gesehen. Ich war völlig ratlos und sah mich um. Uwe müsste doch jetzt kommen, aber niemand kam. Ich war ganz allein mit diesem regungslosen Körper. Die Tür zum Turm lag auf der Rückseite, so dass ich nicht sehen konnte, ob er den Turm schon verlassen hatte. Wo war Uwe? Warum war sie von dort oben herab gestürzt? Hatte er sie nicht festhalten können oder hatte er sogar bei dem Sturz nachgeholfen? Es gab außer mir keine Zeugen. Ich wusste absolut nicht, wie ich mich jetzt verhalten sollte. Sie wirkte völlig fremd. Es sah ein bisschen so aus, als wäre der Kopf neben sie gefallen. Ihre Augen waren offen, als würde sie den Wolken nachsehen. Ein leichter Wind wehte den Sand über die Kante der Dünen und die Halme des Strandhafers winkten mit langen Fingern zu mir. Es war wirklich ein schöner Tag.
Uwe war nicht gekommen.
Ich packte die Kamera ein und machte mich auf den Rückweg. Ihr würde niemand mehr helfen können, aber Uwe würde jetzt, mehr als je zuvor, auf meine Hilfe angewiesen sein. Ihn musste ich schützen, ihn und meine Partei. Als ich bei Gertrude angekommen war, informierte ich die Polizei.

Nachdem ich meine Aussage über den zufälligen Fund der Leiche mitten in den Dünen bei der Polizei gemacht hatte, dachte ich lange nach. Was sollte ich Uwe sagen? Sollte ich ihm die Bilder zeigen, sollte ich sie überhaupt aufheben? Ich hatte Mitleid mit ihm. Er war mein Freund und ich konnte mir vorstellen, was er gerade durchmachte. Oft genug hatte ich selbst schon überlegt, was wäre, wenn ...? Aber man schreckt dann doch davor zurück, zu schrecklich ist die Vorstellung. Man hat Angst vor den Alpträumen, Angst vor den Toten, die noch keinen Frieden gefunden haben und immer wieder ihr Leben von uns zurückfordern könnten. Entsetzlich! Auf der anderen Seite sah ich plötzlich diese unglaubliche Chance für mich. Ich war der Einzige, der Uwe gesehen hatte. Außer mir wusste kein Mensch, wie das Unglück passiert war. Der Polizei hatte ich nur von dem Fund erzählt. Den Rest hatte ich verschwiegen. Was hatte ich nur für ein Glück. Es ging mir wieder gut. Sehr gut sogar.

Die Beerdigung war ein großes, gesellschaftliches Ereignis. Alle waren gekommen, die wichtig waren oder glaubten es zu sein, persönliche Vertraute, politische Freunde, natürlich die Verwandten, sehr viel Schaulustige, die gesamte Presse, zwei Kamerateams, deren Bilder direkt zu den regionalen Sendern übertragen wurden, dafür hatte ich persönlich gesorgt. Selbst der Gegenkandidat hatte es sich nicht nehmen lassen, seiner Betroffenheit Ausdruck zu verleihen. Er versuchte, immer in die Nähe von Uwe zu kommen, und er schaute betrübter drein als der Witwer selbst. Wahrscheinlich ahnte er, dass ein solcher Unfall unsere Sympathiezahlen beim Wähler steil nach oben drücken würde.

Vor der kirchlichen Trauerfeier hatte ich nur ganz kurz Uwe die Hand drücken können. Eine große Traube von Menschen stand um ihn herum. Er wirkte sehr niedergeschlagen. Wer ihn nicht kannte, musste großes Mitgefühl mit ihm haben. Und die Frauen, das war der größte Anteil unserer Wähler, hatten beim Gottesdienst in Angesicht des Sarges, alle, wirklich alle geweint. Auch meine Frau hatte beim Kyrie laut aufgestöhnt, als wäre sie persönlich betroffen. Sie war es wohl auch. Ich stieß sie so heftig in die Seite, dass sie ein zweites Mal aufstöhnte. Wie immer war es sehr peinlich mit ihr.

Als Uwe nach der Kirche zu seinem Wagen gehen wollte, fand ich endlich Gelegenheit, ihn anzusprechen: »Ich muss Dich unbedingt sehen, es ist dringend.« Und als er mich irritiert ansah, sagte ich:»Ich muss Dir etwas zeigen, es ist sehr persönlich und betrifft nur Dich. Ich glaube, ich kann Dir helfen.« Dann drehte ich mich schnell weg, bevor er weitere Fragen stellen konnte. Der Stein im Wasser hatte Wellen geworfen.

Nach meinen Informationen ging die Polizei von einem tragischen Unglücksfall aus. Später erfuhr ich, dass Uwe zur Tatzeit in einer Kirche gewesen sein soll, um bei einem befreundeten Pater zu beichten. Ich wusste nicht, dass er katholisch war, ich hätte ihn eher für einen Atheisten gehalten, oder für einen Freidenker, so abgebrüht, wie er war. Aber es war ungemein wichtig für uns alle, dass Uwe ein Alibi für die Zeit des Todes hatte.

Die Gelegenheit zu einem Gespräch ergab sich zehn Tage später nach einer Großveranstaltung im Zentrum der Landeshauptstadt. Zehntausend Menschen waren gekommen, um ihn zu erleben, sie standen bis in die Nebenstraßen, und es war bestimmt nicht nur politisches Interesse, das sie kommen ließ. Es war ihre morbide Neugier, zu sehen, wie er nach diesem furchtbaren Schlag, über den alle Medien berichtet hatten, seine Haltung bewahrte. Es war wie bei einer öffentlichen Hinrichtung. Alle verabscheuten es, aber alle gingen hin.
Damit hatten wir gerechnet. Uwe war der Hauptredner und ich als sein verantwortlicher Leiter stand innerhalb der Sperrzone ganz nah bei ihm. Ich konnte ihn gut beobachten. Er war wie immer sehr souverän und zeigte keine Spur von Nervosität. Uwe war ein Profi, ich musste es mir wieder einmal eingestehen und ich bewunderte ihn. Wie gern hätte ich nur einen kleinen Teil seines politischen Talentes besessen, und wie gern wäre ich wie er gewesen, beliebt, charismatisch. Die Menschen liebten ihn, ihm vertrauten sie. Im Licht der Scheinwerfer sah ich die Struktur seiner Haut, die Falten, Risse, die Schrunden. das be-

ginnende Alter. In der direkten Nähe sah er aus, als würde er bald zu Staub zerfallen. Am Rednerpult. Während seiner Rede. Ich wünschte es mir plötzlich so sehr.
Ich liebte ihn!
So viel Hass!

Plötzlich verließ mich der Mut. Er war stark, viel stärker als ich. Wenn ich mich mit ihm anlegte, konnte ich nur verlieren. Ich wollte nicht verlieren. Niemals mehr. Zu oft hatte ich in meinem Leben mit leeren Händen dagestanden. Überschätzt, ich hatte mich wieder mal überschätzt. Scheiße. Er könnte alles abstreiten. »Das ist eine infame Manipulation«, könnte er sagen, und schon war ich erledigt. Wem würde man mehr glauben? Wenn er mich wegen Erpressung anzeigte, wanderte ich in den Knast. Von wegen Staatssekretär! Knastbruder! Im Gefängnis würden sich alle freuen, wenn ich käme. Leichter Schweiß bildete sich auf meiner Stirn, unter meinen Achseln. Er hatte sehr intime Beziehungen bis in die höchsten Kreise. Aber er hatte bestimmt auch Angst. Er war ein Mensch, wie wir alle, er aß, er trank, schied aus, schlief, vögelte mit seiner Frau, mit meiner, mit wem auch immer. Aber er würde nachgeben, denn er hatte auch viel zu verlieren. Mehr als ich. Er würde mir nachgeben, das war wichtig. Diese Zeit bis nach der Wahl und der Vergabe der wichtigsten Regierungsämter musste ich durchhalten, später würden sich andere Wege finden, wie man miteinander kooperieren konnte. Alle waren aufeinander angewiesen. Ich gehörte dazu. ICH-GEHÖRTE-DAZU. Nichts konnte schiefgehen Ich hatte alle Trümpfe in der Hand und war auf dem richtigen Weg. Am Ende kam das Ziel und ich würde als Sieger einlaufen. WOW! Ich hatte Hunger bekommen. Seit dem Morgen hatte ich nichts mehr gegessen. Es ging mir gut. Ja!

Nach dem nicht enden wollenden Beifall zog Uwe mich am Arm in sein Auto. »Was ist los?« Ich gab ihm den Umschlag mit den

Fotos. Ich hatte sie extra an meinem Computer vergrößert. Die Bilder waren gestochen scharf und man erkannte jedes Detail. Die Kamera hatte wirklich eine hohe Qualität.
»Wer außer Dir hat noch Kenntnis von diesen Aufnahmen?«
Uwe war sehr blass geworden.
»Niemand! Mein Ehrenwort!«
Natürlich niemand. Ich wäre ja verrückt, wenn ich einem Anderen von meinem Schatz erzählen würde. Diese Bilder waren so gut wie bares Geld.
»Uwe, ich bin Dein Freund. Ich habe Dich um ein vertrauliches Gespräch gebeten, weil ich Dir helfen will. Du kannst mir absolut vertrauen. Ich weiß doch, wie es Dir in den letzten Monaten ergangen ist.«
Das wusste ich natürlich nicht. Woher auch?
»Wer weiß, wie ich gehandelt hätte.«
Das wollte ich wirklich nicht wissen.
»Was willst Du dafür haben?«
So war Uwe. Er begriff schnell und kam sofort zur Sache. Ich musste jetzt einen kühlen Kopf bewahren, wollte ich nicht scheitern. Man durfte ihn auf keinen Fall unterschätzen.
»Uwe, ich will nichts! Jedenfalls nichts, was nicht in Deiner Macht stünde.«
Nicht nur er war raffiniert.
»Und das wäre?«
»Wenn Du wirklich etwas für mich tun willst, dann halte mir bitte die Dummköpfe vom Leib. Du weißt schon, wen ich meine. Alle die sogenannten Parteifreunde, die glauben, meine Arbeit besser machen zu können und mir immer mit dummen Ratschlägen dazwischen quatschen wollen, nur weil sie durch irgendwelche Zufälle in das Präsidium geraten sind. Ich ertrage diese Amateure und Kleingeister nicht mehr.«
Uwe sah mich lange an.
»Das ist doch nicht alles, was Du willst. Dazu brauchst Du doch nicht diese Fotos?«

Er war schlau.
Dieser Bastard war wirklich ziemlich schlau.
»Ich will nichts von Dir, was Dir schadet. Ich schwöre es Dir! Du bist und bleibst der Chef! Aber ich muss natürlich auch nach vorn schauen.«
Ich gab ihm mein vorbereitetes Memorandum. Als Erstes verlangte ich absolute freie Hand bei der Organisation und vor allem der finanziellen Abwicklung des Wahlkampfes.
»Du weißt, dass es Gesetze gibt, Toni, die wir einhalten müssen. Dazu zählen die Kontrollgremien der Partei.«
Er hatte Toni zu mir gesagt. Toni! Wie meine Mutter. Er gab nach, er musste nachgeben. Ich hatte gewonnen! Trotzdem musste ich höllisch aufpassen, dass er mir nicht durch die Finger flutschte wie eine glatte Schlange.
»Natürlich weiß ich das, und ich will Dich auf keinen Fall zu illegalem Handeln auffordern. Aber wir wissen beide, welche Wege es gibt, um trotzdem dorthin zu kommen, wohin wir wollen. Es geht um den Erfolg. Und um unseren Kopf. Ich denke, bei dieser momentan schwierigen Situation sollten wir uns keine unnötigen Steine in den Weg legen.«
Das hatte er verstanden.
»Und was willst Du noch?«
Es war geschafft, der Rest war nur noch Formsache.
»Bei einem Sieg unserer Partei in diesem schwierigen Wahlkampf, und ich gehe fest davon aus, dass wir gewinnen werden, sollten die Menschen, die maßgeblich an diesem Erfolg beteiligt waren, angemessen berücksichtigt werden.«
»Du willst in die Regierung?«
»Mit Dir Uwe, nur mit Dir!«
»Und wann erhalte ich die Datei von dieser Dokumentation?«
»Sobald wir beide regieren.«
Uwe klopfte dem Fahrer auf die Schulter, damit ich aussteigen konnte.

»Du erhältst die Unterlagen für Deine Arbeit in den nächsten Tagen.«
Dann schlug er die Tür zu und fuhr davon. Ich hatte gewonnen. Ich hatte es nicht anders erwartet.

Die nächsten Wochen waren die Erfüllung meiner Träume. Je näher die Wahl kam, desto besser sahen unsere Zahlen aus. Uwe ging es auch deutlich besser. Die Staatsanwaltschaft ging von Selbstmord aus und hatte das Verfahren eingestellt. Auch das Verhältnis zwischen Uwe und mir war deutlich entkrampfter. Wenn wir uns sahen, schlug er mir auf die Schulter, rief, na Du alter Gauner und lachte, wenn er die konsternierten Gesichter der Umstehenden sah. Ich hatte alle Freiheit, die ich wollte. Bei den finanziellen Dingen waren außer mir nur Uwe und der Schatzmeister zeichnungsberechtigt und nur ihnen war ich Rechenschaft schuldig. Der Vorstand hatte nichts mehr zu sagen.

Als ich den ersten Umschlag eines bekannten Unternehmers mit einer größeren Summe entgegen nahm, wusste ich noch nicht um die Brisanz dieses Geldes. Unser Schatzmeister war entsetzt und meinte, ich solle das Geld bloß »irgendwo hin packen, wo es niemand findet«, genauso hat er es gesagt, »hin packen, wo es niemand findet.« Ich betrachtete diese Worte als dienstliche Anweisung unseres Schatzmeisters und eröffnete ein Nummernkonto in Zürich. Von diesem Moment an akquirierte ich ganz gezielt bei Unternehmern, von denen ich annehmen konnte, dass sie uns nahestanden und über größere Summen Schwarzgeld verfügten. Damit ließ sich trefflich handeln, ohne dass man mich kontrollieren konnte.
Es wollte auch niemand.

Bei meiner Methode flossen immer größere Spenden in unsere Kassen. Für unsere Partei und die großen Firmen war das Schwarzgeld die effektivste Investition in die Zukunft. Dankbarkeit zahlte sich immer aus, das wussten die Spender. Aus diesem Grund hatte ich in Basel noch zwei weitere Konten eingerichtet, von denen nicht einmal Uwe etwas wusste. Ich war schon immer ein vorsichtiger Mensch und wollte für eventuelle Abstürze vorbeugen. Für unser Team kaufte ich das neueste Equipment und bezog ein größeres Büro, wir wollten ja repräsentieren, dienstlich fuhr ich einen eleganten Wagen, gesponsert von einem bekannten Autokonzern, meiner Frau und Renate kaufte ich selbstverständlich auch neue Autos, natürlich nur Kleinwagen, denn ich war ja sparsam, und mit Renate, die inzwischen für unsere Partei arbeitete, flog ich mehrmals in die USA, um die neuesten Techniken im Wahlkampf zu studieren. Ich fühlte mich so leicht und unbeschwert, wie seit meiner Jugend nicht mehr. Renate liebte mich, sie betonte es, so oft sie nur konnte und die Nächte mit ihr schienen überhaupt nicht zu enden. Wenn ich in sie hinein glitt, sah ich lange, schwarze Zahlenreihen der Schweizer Banken vor meinen Augen. Wunderbar! Es war eine Verdopplung meiner Lust. Die weiche Nachgiebigkeit der Frau unter mir und die Korrektheit der Schweizer Zahlen in meinem Kopf waren ein potenzierter Traum.

Aus diesem Traum wurde ich eine Woche vor der Wahl gerissen. Die Staatsanwaltschaft plante, ein Verfahren gegen mich einzuleiten. Man hatte mich zu einem ersten Gespräch eingeladen. Irgendjemand hatte gequatscht. Als ich Uwe und den Schatzmeister darüber informierte und um ein sofortiges Krisengespräch bat, wussten sie schon Bescheid.
»Verlier bloß nicht die Nerven. Wenn niemand etwas erfährt, kann uns nichts passieren. Oder hast Du vielleicht einem Journalisten etwas erzählt?«

Ich nicht, aber irgendeiner musste geredet haben, wie sonst sollte die Staatsanwaltschaft Verdacht geschöpft haben. Wo war das

Leck? Am nächsten Morgen überflog ich die Zeitungen. Ein großer Bericht, eine ganze Seite mit Fotos über Uwe und unseren voraussichtlichen Sieg, das war alles. Mein Name tauchte nirgends auf. Gott sei Dank. Niemand hatte bisher Informationen erhalten. Noch war alles dicht. Ich prüfte noch einmal meine Unterlagen. An keiner Stelle war zu erkennen, dass wir Konten in der Schweiz hatten. Wenn wir bis zum Tag nach der Wahl durchhielten, konnte uns nichts mehr passieren. Alles andere ließ sich später regeln. Wenn wir erst regierten, würden es sich kleine Staatsanwälte dreimal überlegen, gegen uns vorzugehen. Auch die Hüter des Rechts dachten zuerst an ihr persönliches Recht, Karriere zu machen und nirgends anzuecken. So war es überall auf der Welt. Warum sollte es bei uns anders sein.

Am nächsten Morgen hatten alle großen Tageszeitungen nur ein Thema: Hatte unsere Partei Schwarzgelder entgegen genommen und wer waren die Spender? Uwe rief mich sofort an und schnauzte, ob ich verrückt geworden wäre, mit dem Journalistenpack zu reden und der Schatzmeister hatte einen Riesenschiß, ins Gefängnis zu wandern. Etliche der Spender riefen mich auf meiner persönlichen Nummer an und erkundigten sich besorgt, ob ihr Name an irgendeiner Stelle auftauchen würde. Ich hatte alle Hände voll zu tun, zu besänftigen und zu beruhigen. Für die Medien gaben wir bei einer Pressekonferenz eine kurze Erklärung ab, wir seien sicher, dass diese üblen Diffamierungen nur von unseren politischen Gegnern kommen könnten, die wohl panische Angst vor der absehbaren Niederlage hätten. Selbstverständlich bestritten wir alles. Die Staatsanwaltschaft gab keine Auskunft und berief sich auf das offizielle Verfahren. Jetzt hatten wir also doch schon ein ordentliches Verfahren am Hals. Renate und ich vernichteten sofort alle verfänglichen Unterlagen im Reißwolf. Als die Polizei am nächsten Morgen um sieben Uhr in mein Büro kam, war alles sauber. Was sollte mir schon passieren. Ich war doch nicht blöd, dachte ich. Bis mir die Staatsanwältin bei unserem ersten Gespräch Kontoauszüge der Züricher Bank unter die Nase hielt. Diese verdammten Weiber! Das konnten doch nur Renate und vielleicht Gertrude wissen. Unter diesen Umständen bat ich um ein Gespräch mit unseren Anwälten. Leider hatten unsere beiden Rechtsverdreher genau an diesem Nachmittag auswärtige Termine. War das wirklich Zufall? Ich wurde vorläufig festgenommen und verbrachte meine erste Nacht in einer Gefängniszelle. Es war absolut widerwärtig. Die Zelle war verdreckt und in der Nacht lärmten die ganze Zeit irgendwelche Psychopathen. Am nächsten Morgen waren die beiden Juristen, denen ich so viel Geld zugesteckt hatte, endlich da und man entließ mich unter Auflagen aus der Haft. Vor dem Tor stand eine Meute Reporter und Kamerateams. Wir entwischten ihnen gerade noch mit dem Auto aus der Tiefgarage. Den Anwälten drohte ich mit Kündigung. Es schien sie nicht sonderlich zu treffen.

Zu Hause stand Gertrude heulend in der Tür.
»Kommen wir jetzt alle ins Gefängnis?«
Sie hatte noch nie viel Verstand. Wenn diese ganze Scheiße vorbei war, musste ich mich von ihr trennen. Ein Regierungsmitglied, vielleicht sogar Minister, mit einer solchen Dumpfbacke. Das wäre ziemlich peinlich. Sie erzählte mir, dass die Polizei auch bei ihr heute Morgen schon erschienen war und etliche Akten mitgenommen hatte. Sollten sie, niemand außer Renate wusste, dass ich inzwischen eine kleine Wohnung in einer Neubausiedlung gemietet hatte. Dort versteckte ich alle wichtigen Unterlagen, auch einen zweiten Reisepass hatte ich mir für alle Fälle besorgt. Wenn man erstmal ganz oben ist, bekommt man alles angeboten, ohne dass man sich anstrengen muss. Man musste nur vorsichtig sein, sehr vorsichtig. Und keinem Menschen vertrauen. Obwohl, bei Renate bin ich mir sicher, die ist bis über beide Ohren in mich verliebt, die interessiert nur der nächste Abend, ein gutes Restaurant und die anschließende

Nacht. Und Schmuck, davon versteht sie eine Menge. Für Politik hat sie sich noch nie interessiert. Das ist das Angenehme an ihr, sie ist diskret, riecht gut und stellt keine dummen Fragen. Vielleicht heirate ich sie nach dem Machtwechsel. Ich sollte es ihr bald sagen, dann hält sie noch eher den Mund.

Ich musste noch einmal in die kleine Wohnung. Es war für alle Fälle besser, meine Abreise vorzubereiten. Für den kurzen Aufenthalt in der Schweiz genügte eine kleine Tasche. Dort würde ich das gesamte Geld abheben. Gewannen wir die Wahlen hoch, kam ich in die Regierung, sollte es anders kommen, passte meine Lebensversicherung in eine Reisetasche. Ich hatte eine Zukunft. Niemand konnte mich daran hindern. Fröhlich pfeifend verließ ich mit der Tasche die Wohnung. Im Treppenhaus stand Gertrude, ein paar Stufen unter mir. Ihr Gesicht war gerötet, sie atmete schwer. Gertrude hatte es schon länger mit dem Herzen. »Ich bin Dir nachgefahren, damit hast Du nicht gerechnet, was?« Die hellroten Streifen der Treppenhausbemalung liefen auf mich zu, immer schneller, rote Schienen liefen durch mein Herz, ein Güterzug fuhr durch meinen Kopf, rattangrrattang lief der Zug auf seinen roten Schienen durch meinen Körper, über den Lautsprecher kam die verzerrte Ansage, »damit hast Du nicht gerechnet,« ich sah, wie die Pfeile durch mich hindurchrasten, »ich habe deinen Pass gefunden, Pass gefunden, Pass!« Gertrudes Kopf war verzerrt, sie fiel in Zeitlupe über die Treppe nach unten, sie rutschte die Stufen entlang, ihr Rock schob sich hoch, man sah die dicken blauen Adern auf den Oberschenkeln und ihr langer Schrei sprengte meinen Kopf.

Gertrude lag am Ende der Treppe, die Arme und Beine verdreht und war sehr still. Ich sah die Tote unter dem Leuchtturm. Oh mein Gott, warum hilft mir denn keiner. Aus dem Treppenfenster fiel ein dünner Lichtstrahl auf ihr Gesicht. Als ich ihren Arm anfasste, stöhnte sie auf.

»Was ist passiert? Bist Du verletzt?«
Ich versuchte sie hoch zu heben, aber sie war sehr schwer.
»Du wolltest mich umbringen! Gib es zu, Du Schwein.«
Ich brauchte eine halbe Stunde, um Gertrude zu beruhigen und sie zu überzeugen, dass sie wohl kurzfristig ohnmächtig geworden war.
»Du weißt doch, Dein Herz.«
Für alle Fälle fuhren wir zu Dr. Kreutzer, unserem Hausarzt, aber außer ein paar Prellungen fehlte ihr nichts.
»Passen Sie auf sie auf, keine Aufregung. Soll ich Ihnen eine Hilfe besorgen?«
Ich versicherte ihm, dass ich meine Frau wie meinen Augapfel hüten würde und das schon seit 22 Jahren. Dann schob ich ihm einen großen Geldschein in die Tasche. Er war verschwiegen. Musste er ja auch sein, als Arzt.

In den kommenden Tagen sah ich meine Frau so gut wie nie. Wenn ich aus dem Haus ging, schlief sie noch, ich nahm es jedenfalls an, denn Gertrude war aus dem Schlafzimmer ausgezogen. Kam ich in der Nacht wieder zurück, brannte nirgends mehr Licht. Es war mir egal. Es war besser, als wenn ich täglich ihre anklagende Miene gesehen hätte. Nach einer Woche kam ich zufällig früher nach Hause. Die Tür zu ihrem Zimmer stand offen, ihr Mantel war verschwunden, ebenso ihr kleiner grüner Koffer. Eine Nachricht von ihr suchte ich vergebens. Gertrude hatte mich verlassen.
Ich fühlte mich sehr erleichtert.
Ich hatte noch nichts gegessen. Im Kühlschrank fand ich etwas Käse, das restliche Brot war leider hart. Zum Glück war das Weinregal immer gut aufgefüllt. Ich beschloss, meine Einsamkeit zu genießen.
Renate hatte ihr Telefon abgestellt. Sie hatte auf dem Tonband hinterlassen, sie sei auf unbestimmte Zeit verreist und nicht erreichbar. Dieses kleine Flittchen. So schnell ging das.

Der Herbst hatte plötzlich seine Schönheit verloren. Die leuchtenden Blätter bedeckten wie schmutziger Abfall den Boden. Sie klebten hartnäckig unter den Schuhsohlen, und trockene Äste brachen von den Bäumen.
Ich hatte die Vorhänge zugezogen, damit die feuchte Kälte nicht durch die Räume zog. Ich fröstelte. Die Heizung war ausgefallen. Als ich den Telefonhörer ans Ohr hielt, um einen Handwerker zu bestellen, kam nur noch dumpfe Stille aus dem Plastik. Auch das Licht war ausgegangen, die ganze Straße lag im Dunklen. Es musste ein großer Kurzschluss sein.
Ich war vergessen, allein. Ich saß auf einer kalten schwarzen Insel ohne Verbindung zur Außenwelt. Das Licht einer Kerze flackerte durch den roten Wein, warf Schatten an die Wand, die Decke.
Es war fast wie früher, wenn mich ein Mädchen das erste Mal besuchte, Kerzen, Wein, Musik, Wärme, obwohl ich heute auf die Musik und die Wärme verzichten musste.
Die Erste in meinem möblierten Zimmer war klein, rund und rothaarig. Sie hieß Gerlinde und studierte Germanistik und Philosophie. Sie wusste nicht, was sie werden wollte, sie wusste auch nicht so recht, was sie bei mir sollte, denn ich hatte sie unter einem Vorwand zu mir eingeladen. Ich brauchte nicht viel Überredungskunst. Hinterher weinte sie, wie ein kleines Kind, denn es war das erste Mal für sie und ich war wohl ziemlich ungeduldig. Wenn ich sie Tage später anrief, ließ sie sich verleugnen. Es war mir egal.
Die Zweite war die Freundin meines besten Freundes. Anna war blond und erfahren. Manchmal bekam ich Angst vor ihr, denn Anna wusste immer, was sie wollte, auch, wenn sie es nicht wusste. Sie wollte uns beide, meinen Freund und mich. Mir machte es nichts aus, aber er kam eines Abends zu mir, voller Zorn und Verzweiflung. Er fühlte sich doppelt betrogen, von mir und von ihr. Es wurde schnell melodramatisch. Er hatte ein kleines Schweizer Taschenmesser und wollte da-

mit auf mich losgehen. Ich gab ihm eine kräftige Ohrfeige, daraufhin wollte er sich die Pulsadern aufschneiden, ich gab ihm die zweite Ohrfeige und anschließend ein großes Pflaster. Dann weinte er lang und heftig. Ich hasse es, wenn Männer weinen. Gott sei Dank habe ich ihn nie wiedergesehen, Anna auch nicht. Im Laufe meines Lebens kamen immer mehr Frauen und Männer zu mir, die meine Liebe und Zuneigung suchten. Die Gesichter und die Namen habe ich alle vergessen. Ich erinnere mich an die vielen Tränen, wenn sie wieder gingen, verstanden habe ich es nie. Vielleicht ertrank ich heute in dem Strom aller Tränen, die je um mich vergossen wurden. War das ihre Gerechtigkeit?

Je mehr ich trank, desto länger wurden die Schatten. Es wurden immer mehr. Die letzte Flasche Wein war alle und ich trank vom Birnenschnaps, den ich mal von einem Dorfbürgermeister geschenkt bekommen hatte. Er schmeckte wie Petroleum, biß in die Lippen, den Gaumen, er schnitt in die Kehle, die Schatten winkten, sie wurden größer, ragten über mir, füllten das Zimmer, zogen mich in die Dunkelheit, ich ließ mich ziehen, mit dem Schnaps liefen lange dunkle Tränen über mein Gesicht, ich weinte um mich, um die Anderen, meine verlogene Jugend, die verlorenen Lieben, das vergessene Leben. Ich hörte meine Mutter, wie sie Toni rief, immer wieder Toni, als hätte sie mich verloren, sie hatten mich alle verloren, ich selbst hatte mich verloren, ich stürzte in die Tiefe, ich rief mich selbst, um mich zu halten, mich zu retten. TONI rief ich, denn ich war das Kind, das verloren gegangen war. Dann verlor ich das Bewusstsein.

Der nächste Morgen war schrecklich, als das Telefon klingelte, lag ich auf dem Boden neben dem roten Ledersessel und fror erbärmlich. Das Fenster stand weit auf und in der Nacht hatte

es auf den teuren Teppich geregnet. Uwe rief an, er war laut und fröhlich, auf eine so unangenehme direkte Art, die ich schon immer gehasst hatte.
»Morgen haben wir es geschafft«, brüllte er mir ins Ohr.
Ich lächelte schwach.
»Und heute nehmen wir uns frei!«
Er wurde immer vergnügter. Meine schwachen Einwände, ich hätte noch so viel zu tun, strich er einfach weg.
»Das bisschen können Deine Leute auch ohne Dich erledigen.«
Er hatte ja Recht, wofür war ich der Chef.
»Mach Dich fertig, Anton. In einer Stunde hole ich Dich ab. Und pack Deine Bergschuhe ein, wir machen eine kleine Tour.«
Ich hasste es, wenn Uwe seine kleinen Touren ankündigte. Er hatte eine Hütte in den Bergen und war Mitglied bei den Höhlenforschern.
Die Fahrt dauerte diesmal deutlich länger als die letzten Male. Wir hielten auf einem unbekannten Parkplatz, abseits der Hauptrouten, mitten im Wald, im Zentrum des Mittelgebirges. Nach einer Stunde Fußmarsch erreichten wir unser Ziel, eine Holztür am Fuß einer Felswand, mit massiven Querstreben und Vorhängeschlössern zusätzlich verschlossen, der Eingang zur Höhle.
»Heute wirst Du etwas völlig Neues erleben, mein Lieber. Du wirst überrascht sein.«
Das sagte er jedes Mal, wenn wir in eine seiner Höhlen gingen. Allerdings hatte ich noch nicht erlebt, dass der Eingang derart gesichert war. Ich ging nicht gern in das Innere der Berge, denn ich bekam keine Luft und hatte leichte Angstzustände, je enger es wurde.
Hinter der Tür waren kleine Lampen an den Wänden, so dass wir diesmal keine Grubenlampen brauchten. Wir liefen einen langen Gang entlang, der sich wieder teilte in andere Gänge, Kreuzungen, Kuppeln, Säle, bis wir in eine riesige Halle ankamen. Sie war so groß, dass bequem eine Kirche hinein gepasst

hätte. In der Mitte lag ein dunkler See. Ein kalter Wind blies uns entgegen.

»Man hat hier Knochen von Steinzeitmenschen und Bären gefunden«, erklärte mir Uwe, »wenn wir die Wahlen verlieren, wäre das ein geeignetes Versteck vor unseren Wählern. Und erst recht vor unseren Mitgliedern.« Sein Lachen hallte weit in den Berg hinein.

»Und finden würde uns auch niemand, denn diese Höhle ist nur wenigen Menschen bekannt. Würdest Du Dich hier wohlfühlen, mein kleiner Angsthase, so auf Dauer?«

Sein hässliches Lachen entfernte sich immer mehr.

»Bei starken Regenfällen steigt das Wasser sehr schnell an. Man ertrinkt dann wie eine Ratte, wenn man den Rückweg nicht kennt. Ist das nicht schade?«

Das Echo warf das Wort zurück: »Schadeschadeschade!«

Das Licht flackerte, wurde schwächer, wieder stärker und plötzlich strahlten Scheinwerfer diesen Dom taghell aus. Hoch über dem See auf einer Galerie stand Uwe.

»Ich muss mich jetzt leider von Dir verabschieden, mein lieber Anton. Ab jetzt trennen sich unsere Wege.«

In meinem Kopf hallte immer noch dieses schreckliche Wort: »Schadeschadeschade!«

Ich schrie zu ihm hinauf: »Was ist los? Willst Du mich hier allein lassen? Das ist kein Spaß mehr, Uwe!«

»Deine Zeit ist abgelaufen, mein lieber Toni, ich brauche Dich nicht mehr?«

Mein Magen krampfte sich schmerzhaft zusammen. Ich hatte alles für ihn getan, mehr noch, hatte die Schmutzarbeit für ihn erledigt, hatte gelogen, betrogen, alles für ihn, hatte die Schnauze gehalten, nur für ihn, ohne mich säße er im längst im Gefängnis. Wir hatten doch Absprachen, er hatte mir sein Wort gegeben, sein Ehrenwort, galt das alles nichts mehr?

»Wenn Du mich hier sitzen lässt, wandern die Fotos direkt zur Polizei, dann bist Du erledigt, Uwe!«

Er lachte nur.
»Meinst Du die Bildchen von meiner Frau und mir, die Du bei Deinem Anwalt hinterlegt hast? Dieser Anwalt ist mein alter Schulfreund, nicht Du, Du kleines Arschloch. Du legst dich doch mit jedem ins Bett, wenn es Dir nützt. Hast Du wirklich geglaubt, ich hätte deine müde Masche mit dem alten Schulfreund nicht von Anfang an durchschaut?«
Aber so schnell gab ich nicht auf. Er konnte mich nicht so sitzen lassen.
»Ich habe immer eine doppelte Rückversicherung, Uwe. Oder glaubst Du wirklich, ich hätte Dir vertraut? Diese Bildchen werden Dir sofort den Kragen brechen, wenn ich morgen verschwunden bin.«
Seine Stimme klang mitleidig, fast leise:
»Du bist so unglaublich dumm und ahnungslos. Auch Renate wird von mir bezahlt. Ich wusste immer, wer Du bist, woher Du kommst und was Du vorhast, denn Deine Frau, die ich gern gevögelt habe, hat mir immer alles erzählt. Und jetzt ist hier für Dich Schluss. Endlich! Es war nur schwer mit Dir und Deiner Geltungssucht auszuhalten. Du wirst hier sterben, mein Lieber, verrecken, erfrieren, ersaufen, denn es ist starker Regen angesagt worden. Mach´s gut und schlaf schön.«
»Halt!«, schrie ich, »halt! Nur noch eins, warum musste Deine Frau dran glauben?«
»Na gut, Du kannst ja nichts mehr weiter erzählen. Deine Frau ist zu meiner Frau gerannt, als sie Skrupel wegen Dir bekam, und hat ihr alles von uns erzählt. Ja, sie hatte Dich noch geliebt, Du Idiot. Meine Frau wollte sich sofort scheiden lassen, ich hätte alles verloren, das Geld, meine politische Zukunft, ich hätte unter der Brücke schlafen müssen. Ihr gehörte das Haus, sie hatte es von ihren Eltern geerbt, ihr gehörte die Firma, ohne sie hätte ich niemals diesen großartigen Wahlkampf führen können. Mir blieb doch nichts anderes übrig, verstehst Du das denn nicht? Ich musste so handeln. Sie war

doch selber schuld. Was musstest Du auch diese Fotos machen, Du Idiot?«

Warum ich diese Fotos gemacht habe? Es steckt in mir drin, solche Fotos zu machen, wie in Dir, was fragst Du?

»Ein guter Politiker muss sich opfern können, für das Ganze, für das Land. Das weißt Du doch?«

Sein Lachen flog von der Höhlendecke durch den Raum. Musste er mir auch noch diese von mir selbst erfundenen Phrasen an den Kopf werfen?

»Es geht immer allein um den Erfolg. Für uns alle. Auch für Dich. Das weißt Du doch, das sind doch Deine Worte, erinnerst Du Dich?«

Dieses verdammte Zynikerschwein!

»MÖRDER!«, brüllte ich zu ihm hinauf.

»Du bleibst jetzt hier und ich darf wieder hinaus in den hellen warmen Tag. Ist das nicht schön? Ich denke an Dich bei der Siegesfeier, und werde Dich lobend erwähnen. Das gehört sich doch so, unter Freunden.«

Schlagartig erloschen die Scheinwerfer und ich hörte noch einmal sein hässliches Lachen, schon weit entfernt.

Im Licht der kleinen Wandlampen konnte ich nicht viel erkennen. Ich musste ruhig bleiben, atmen, tief durchatmen. Panik half mir nichts. Wir waren herein gekommen, also kam ich auch wieder heraus. Ich musste nur den Weg zurück finden. Bei der Berechnung meiner Statistiken, die oft kompliziert sind, half auch nur Ruhe. Ich kam immer wieder heraus, auch in schwierigen Situationen. Und das war eine schwierige Situation. Ich drehte mich um. In die große Halle führten drei Wege. Ich war aus dem mittleren Weg gekommen und hatte mich nach rechts gewandt. Na also, war doch ganz einfach. Ich ging zu dem mittleren Gang und lief gebückt, um nicht anzustoßen, zurück. Pass auf, sagte ich mir immer, Stoß bloß nicht oben an. Der Weg war dunkel, denn die Lämpchen gaben nicht viel Licht. Nach einer kurzen Strecke kam ich in einen größeren Raum und konnte aufrecht stehen. Die Wände glitzerten wie Diamanten. Riesige Stalaktiten hingen von der Decke. Ob dieser Heimatverein wusste, was hier für Schätze lagen. Heimatverein! Traute man diesem Mörder gar nicht zu. Naja, Tarnung war alles. Ich sang ja auch im Männerchor. Am Ende der Höhle erkannte man zwei weitere Gänge. Welchen sollte ich nehmen. Nahm ich den falschen, könnte ich mich rettungslos verirren. Ich konnte mich nicht mehr erinnern, woher wir gekommen waren. Es tropfte unentwegt. Ich war schon ziemlich durchnässt. Wenn ich heraus kam, konnte dieses Schwein was erleben. Mich hier zurück zu lassen. Er ließ sich gern solche Spielchen einfallen. Ich erinnerte mich, wie er einmal seiner wissenschaftlichen Assistentin ein starkes Abführmittel in ihren Kaffee getan hatte und die Ärmste musste noch am selben Abend den Schatzmeister nach Bonn zurückfahren. Haben wir gelacht. Diese Sau.

Aber so kam ich hier auch nicht weiter. Dieser Gang wurde immer enger und die Lampen lagen auch schon hinter mir. Dieser Weg war also falsch. Ich musste zurück. Als ich mich umdrehte, sah ich, wie mir das Wasser entgegen schwappte. Das war nicht einfach ein kleines Rinnsal. Das war ein Bach, ein kleiner Fluss, der immer schneller stieg. Ich konnte nur vorwärts. Ich hetzte in diesem engen dunklen Schlauch, stolperte, schlug mir das Knie auf und fiel hin. Es platschte nur so. Zum Glück hatte ich meinen kleinen Rucksack dabei. Darin war neben einer Flasche Wasser, Brot und Wurst auch eine neue Taschenlampe, die ich mir nach unserer letzten Höhlentour gekauft hatte. Gott sei Dank war ich immer vorausschauend. Für alle Fälle gerüstet, wie ich immer Gertrude gesagt habe, man muss für alle Fälle in allen Lebenslagen gerüstet sein. Sie würde Augen machen, wenn ich ihr das alles erzählte. Dann würde sie endlich ihren verdammten Mund halten. Für immer. Ich lief weiter bis zur nächsten Höhle. Sie war etwas größer und hatte in der Mitte einen sehr hohen breiten Stein mit Stufen, über die ich mühelos hinauf kam.

Jetzt sitze ich hier. Vor mir steigt der Wasserspiegel immer höher, soweit ich das bei dem schwachen Licht meiner Lampe erkennen kann. Aber noch habe ich Platz auf meinem Felsen. Ich muss sparen. Wenn die Batterien erschöpft sind, habe ich keine Chance mehr. Habe ich überhaupt noch eine Chance? Oh, mein Gott. Ich habe schon lange nicht mehr gebetet, obwohl ich immer in die Kirche gegangen bin, naja, zu den wichtigsten Feiertagen. Ich habe alle Gebete vergessen. Wenn ich nicht ertrinke, werde ich erfrieren. Mir ist jetzt schon kalt. Der nasse Pullover wärmt mich nicht und in diesen Gummistiefel habe ich mir schon mal fast die Zehen abgefroren. Vielleicht verhungere ich auch, oder ich ertrinke. Wenn ich hier einschlafe, und irgendwann muss ich ja schlafen, falle ich ins Wasser, verliere das Bewusstsein und ertrinke. Ich habe keine Chance. Verdammt! Nicht die kleinste Chance. Es ist zu Ende. In ein paar Stunden oder in einem Tag ist es vorbei. Ob ich es merke, wenn ich sterbe. Mein Bauch zieht sich zusammen. Weil ich immer zu wenig esse.

DU DRECKSAU! HOL MICH HIER RAUS! DAS IST KEIN SPASS MEHR!

Ich schlag ihn tot, wenn ich ihn erwische.

DU MÖRDER!

Vielleicht hat er sich versteckt. Er will mich nur ärgern, der Mistkerl. Weil ich ihn mit den Fotos erpresst habe. Eine Lektion erteilen, nennt man das. Damit ich später immer das mache, was er will. Uwe, das mach ich doch. Das habe ich doch immer schon gemacht. Du bist doch mein Freund, hast Du das schon vergessen? Immer habe ich Dir geholfen, wenn Du mich gebraucht hast, die Schnauze habe ich gehalten, immer, mache ich auch weiter so. Ich liebe dich doch!

HAST DU DAS VERGESSEN?
DANN HOL MICH HIER RAUS:
JETZT!!!

Er wird bestimmt nach einer, na sagen wir zwei Stunden zurückkommen, sagen, »na, Du alter Gauner, hast Du genug gefroren?«, sich krank lachen, dann kommen wir wieder hinaus, zusammen, denn UWE KENNT DEN WEG. Ich kenne ihn doch.

DU KANNST MICH DOCH HIER NICHT SO VERRECKEN LASSEN?!

Eigentlich wollte ich sowieso aufhören. Dieser ganze Mist, dieser verlogene Politzirkus. Jeder belügt jeden und alle wissen es. Ich bin ganz froh, dass es so gekommen ist. Nie mehr lügen, nie mehr andere bescheißen. Ich werde ehrlich sterben.
Ob es eine Todesanzeige geben wird, oder eine Trauerfeier? Wer soll mich denn vermissen? Gertrude, Renate, die Parteifreunde? Vielleicht der Zeitungsfritze. Und der Bettler am Bahnhof, dem habe ich immer seine Obdachlosenzeitung abgekauft. Der bestimmt.

Das Wasser ist jetzt fast am Rand von meinem Stein. Ich sehe es ganz deutlich mit meiner Taschenlampe. Ganz schwarzes Wasser. Ob das vom Fels kommt, durch den es läuft, diese Schwärze?

Diese Stille. Man hört nichts, nicht einmal das Wasser. Oben macht es immer so einen Lärm, es rauscht, gurgelt, es sprudelt. Am Meer brüllt es manchmal, wenn Sturm ist. Man kann richtig Angst bekommen. Soviel Gewalt. Das ist Natur.

Einmal war ich mit Gertrude am Meer, nachts. Es schien kein Mond und man sah fast keine Sterne. Aber das Wasser, das Wasser glitzerte, als hätte jemand ein Handvoll Sterne hinein geworfen.
Ich bin auch Natur. Ich kehre zurück, zur Natur zurück. Von der Erde kommst Du, zur Erde gehst Du. Ich bin schon in ihr. Ein Teil von ihr. Ein ganz kleiner Teil.

Sind da hinten Schritte? Ich höre doch Schritte.

HALLO! ICH BIN HIER! HIER BIN ICH!

Ich muss ganz ruhig sein, damit ich höre, wenn sie kommen. Das ist ein Rettungstrupp, vielleicht von Uwes Verein. Das sind anständige Menschen. Immer für die Anderen da. Wie die freiwillige Feuerwehr. Oder die Sanitäter. Für die werde ich mich einsetzen, wenn ich in der Regierung bin. Bedingungslos.

Das wird ein toller Tag.
Morgen.
Morgen sind die Wahlen. Mit etwas Glück haben wir es geschafft.
Ich habe es geschafft. Endlich.
Morgen ist der große Tag.
Ich bin mir ganz sicher. Was sollte jetzt noch schief gehen. Obwohl.

Ach was!

Mein Dank gilt Edward Albee, Alfred Andersch, Anna Seghers, Bertolt Brecht, Charles Bukowski, Hans Magnus Enzensberger, Hans Däumling, Thomas Mann, Rainer Maria Rilke und der Kraft der Frauen, ohne die mein Leben anders verlaufen wäre.
Karl-Friedrich Reinhardt